suhrkamp taschenbuch 4506

Christa Wolf

Nachruf auf Lebende

Die Flucht

Mit einem Nachwort von
Gerhard Wolf

Suhrkamp

Umschlagfoto: Archiv Gerhard Wolf

2. Auflage 2014

Erste Auflage 2014
suhrkamp taschenbuch 4506
Originalausgabe
© Suhrkamp Verlag Berlin 2014
Suhrkamp Taschenbuch Verlag
Satz: Satz-Offizin Hümmer GmbH, Waldbüttelbrunn
Druck und Bindung: CPI – Ebner & Spiegel, Ulm
Printed in Germany
ISBN 978-3-518-46506-6

Nachruf auf Lebende

In die Erinnerung muß man einen
Hauch von Gegenwart einblasen.
Kazimierz Brandys

I.

Nein, so ist es nicht gewesen. Wenn ihr es wissen wollt: Das einzig wirklich Lästige war das Gezänk, das auch jetzt nicht aufhörte. Jedermann sah in mir noch das Kind, und ich hatte aufgehört, Erklärungen abzugeben, aber einmal würde ich es ihnen sagen, in aller Liebe, denn ich hing ja an ihnen, das war es doch. Einmal würde ich ihnen sagen, dachte ich damals, doch ich habe es nie getan: Man muß darauf sehen, daß man sich angemessen benimmt. Wirklich, mir lag daran, obwohl ich nicht weiß, woher ich es hatte – von dieser Familie doch nicht. Oder gerade? Von meiner Mutter vielleicht, in deren großen Ausbrüchen ein verzweifeltes Flehen um Würde steckte? Oder von meinem Vater, der diesen Appell absichtlich überhörte, weil er ihm nicht gewachsen war?

Doch, das weiß man mit fünfzehn Jahren. Übrigens waren die Väter ja abwesend. Der meine zog mit einer Gruppe gefangener Franzosen, zu deren Bewachungspersonal er gehörte – eine Stellung, die sich noch am gleichen Tag radikal in ihr Gegenteil verkehren sollte –, eben jene Soldiner Straße befehlsgemäß in Richtung Nordosten, deren Anfang ich sehen konnte, wenn ich aus dem Wohnzimmerfenster blickte. Es fing endlich an, hell zu werden, das war mir recht, der Morgen würde diesem ganzen Gerenne und Geschreie und Geschluchze ein Ende machen. Viereckige schwarze Klötze tauchten aus dem weißen Schnee auf, es dauerte ein Weilchen, ehe mir klar wurde, daß viele der Leute, die nachts oder vielleicht jetzt erst, vor Minuten, an unserem Haus vorbeigezogen waren, gerade hier, an der Ecke, ihre Koffer einfach in den Schnee gestellt hatten. Ich hatte ja immer, wenn ich oben von meinem Fenster aus die ganze Stadt und den Fluß übersehen hatte, unser Haus als eine Art Vorposten betrachtet, denn was danach kam, konnte man beim besten Willen nicht mehr Stadt nennen. Aber der Gedanke, daß es für die vorbeiziehenden Flüchtlinge genau auf der Grenze zwischen Hoffnung und Verzweiflung stand, war mir unheimlich. Denn dazwischen läuft dieser haarschmale Streifen von Gleichgültigkeit, die ich fürchtete, weil ich von ihr bedroht war.

Es war mir nämlich gleichgültig, was mit den Goldrandtassen im Buffet geschehen würde; und ob man sie einschließen und den Schlüssel an sich nehmen oder ob man ihn stecken lassen sollte, damit der Feind, der hier bald hausen würde, wenigstens die Möbel nicht beschädigen müßte, um an die Tassen zu kommen – die Frage ließ mich kalt. Mit Recht warf mir die Mutter vor, daß ich allen im Wege stand und kein Wort aus mir herauszukriegen war, denn meine wirkliche Meinung wäre gewesen, daß man, trotz aller Angst, nach Osten, dem Kanonendonner entgegenziehen und mit allen Mitteln verhindern müsse, daß der Feind die Stadt besetze. Zugleich wußte ich wie immer in Katastrophenfällen, daß das Schlimmste, vor dem sie alle durch ihr kopfloses Gehabe davonzukommen suchten, schon eingetreten war. Ich wußte seit dem Bruchteil der Sekunde, da ich wach wurde, den Umriß meiner Mutter im Türspalt gegen den hellen Flur sah und ihre Worte hörte, die nicht anders waren als sonst, wenn sie uns für die nächtlichen Fliegeralarme weckte: Ihr müßt euch fertigmachen – ich wußte durch den Klang ihrer Stimme, in der das Wissen um die ganze Wahrheit war und auch das Entsetzen über dieses Wissen, daß ich sie zum letzten Mal so in der Tür unseres Kinderzimmers stehen sah, in dem ich wieder mit meinem Bruder Bodo, den ich Oddo nannte, zusammen schlief, seit Flüchtlinge, Verwandte aus Ostpreußen, mein Mädchenzimmer im ersten Stock bezogen hatten. In dem Augenblick vor ihrem nächsten Satz hatte ich alles begriffen und – vielleicht, weil ein langer Abschied unerträglich gewesen wäre – schon alles hinter mir gelassen, alles schon verraten, und mir graute vor mir selbst, während meine Mutter weitersprach: Es ist soweit. Wir müssen weg.

Ihr werdet nicht begreifen, daß vorher niemals zwischen uns davon die Rede gewesen war. Niemals von Weggehen, niemals von Flucht, und niemals von Niederlage. Daß meine Mutter davon gesprochen hatte, im Laden, und in der ungeeigneten Gegenwart der NS-Frauenschaftsführerin, und was für Folgen das hatte – das alles erfuhren wir später. Denn die Aussichten, etwas Stichhaltiges über die Meinung der eigenen Eltern oder über den Verlauf des Krieges oder über allgemeine Lebenszustände zu erfahren, waren nicht gerade günstig für Kinder eines Lebensmittelkaufmanns, die in einer mittleren, für gepflegte Parks bekannten Stadt jenseits der Oder eine Oberschule besuchten, wofür ihr Vater monatlich 18 deutsche Reichsmark widerspruchslos an die Schulbehörde überwies. Keiner von uns Kindern hatte je einen Zweifel gelassen, daß er nicht gewillt war, das Geschäft einst zu übernehmen, und es ist auch nie ein Druck auf uns ausgeübt worden – aus Gründen, die ich heute besser verstehe als damals. Jedenfalls bekam mein Bruder Oddo zu Weihnachten den neuen Zusatzkasten zum Stabilbaukasten, der es ihm erlaubte, seine Krananlage um einen Schreitbagger zu erweitern, und ich sammelte unangefochten die Kinder der Nachbarschaft »auf den Röhren« zum Schulunterricht. Sie will ja Lehrerin werden, hieß es von mir, es gab eine wohlwollende Übereinkunft zwischen allen meinen Lehrern und allen meinen Verwandten – unter denen es Buchhalter und Schlossermeister und Fuhrunternehmer gab, aber keinen Lehrer – und mir selbst, einen Respekt, der mich trug und den ich unverfroren ausnutzte, wenn es nötig wurde. Sie hat ja wieder das beste Zeugnis, hieß es, oder nein – das zweitbeste nur diesmal? Immerhin. Ihr fällt ja das Lernen leicht, sie hat ja einen Kopf, mit dem sich was anfangen läßt, bleib nur brav, mein Kind, fleißig bist du ja sowieso, hier hast du eine Mark, für das gute Zeugnis. Die Großmutter in Heinersdorf gab fünfzig Pfennig, sie sagte, wer den Pfennig nicht ehrt, ist des Talers nicht wert, als wir so alt waren wie ihr, wußten wir nicht, wie ein Groschen aussieht, wenn wir ihn uns nicht selbst verdient hatten.

Die Heinersdorf-Großeltern würden hierbleiben, hieß es, an jenem Morgen, dessen Datum ich mir merken wollte. Es war der dreißigste Januar neunzehnhundertfünfundvierzig. Heinersdorf-Oma hatte erklärt, man müsse sie schon aus ihrem Haus heraustragen, freiwillig verlasse sie es nicht, und dieser Ausspruch entsprach unseren Erwartungen. So kam es, daß wir sie bei unserem Weihnachtsbesuch im alten Jahr vierundvierzig zum letzten Mal gesehen haben, wie immer hatten sie das Wohnzimmer für den ersten Feiertag geheizt, Heinersdorf-Oma wärmte sich ihr Kreuz am Ofen, der Streuselkuchen war so gut, wie er heute leider nicht mehr gebacken wird, Urgroßvater war nicht mehr bei Tisch zugelassen, er aß unmanierlich, und er war ja auch so gut wie taub. Außerdem hatte er ja sein schönes Zimmer, und wenn der Mensch hoch über neunzig ist, wartet er auf den Tod, sagte Heinersdorf-Oma. Sie wartete auf den Tod ihres Vaters, wie mein Bruder schon als kleiner Junge auf die versprochene Erb-Uhr des Urgroßvaters gewartet und ihn häufig mit der Mahnung geärgert hatte, daß er endlich sterben solle. Urgroßvater aber starb überhaupt nicht von selbst, wenn man in seiner Jugend durch halb Polen und Schlesien als Saisonschnitter gezogen ist, hat man Kräfte gesammelt für ein ganzes Jahrhundert. Urgroßvater wollte nicht »wo-

anders« leben, er hat sich erhängt, als die Heinersdorf-Großeltern im Juni evakuiert wurden, Nachbarn haben ihn abgeschnitten und die Nachricht über die Oder gebracht,
wo Heinersdorf-Oma im Herbst in einem konfessionellen
Heim verhungert ist. Ihr Grab liegt in Bernaux und wird
regelmäßig besucht, und zwar vor jedem Totensonntag von
meinem Vater, ihrem Sohn, und einmal jährlich von meiner
Tante Magda, heute Bremen, die wir als Kinder Tante Leni
nannten. Sie heißt Magdalene und sollte an jenem Morgen
mit uns gemeinsam die Stadt verlassen, diesmal endgültig,
in die sie zehn Jahre vorher als geschiedene Frau nach einer
verunglückten Ehe mit einem Schweriner Tankstellen- und
Autoreparaturbesitzer – einer Ehe, der sie bis an ihr Lebensende eine dankbare Erinnerung bewahren wird – hatte zurückkehren müssen. Achim, ihr angenommener Sohn, dessen
Mutter ein gutaussehendes, geistig normales Dienstmäd-
chen war und dessen Vater ein SS-Sturmbannführer, dem
man äußerlich auch nichts hatte ansehen können – Achim
also, der ursprünglich Sieghurt geheißen hatte und von
Tante Lenis Gatten, dem Tankstellenbesitzer, umgetauft worden war, schlug in der Schule nicht so gut an, er war ein Beweis dafür, daß man nie wissen kann, was in angenomme-
nen Kindern drinsteckt, aber immerhin würde auch er nun,
zehnjährig, mit uns auf diesen Treck gehen.

Immerhin war es eigentlich beschämend, wie leicht wir
alle, gemessen an der Standfestigkeit der Heinersdorf-Großeltern, zu vertreiben waren. Da brauchte nur dieser Draht-
funksprecher, der sonst für die Luftlagemeldungen zuständig
war und der sich sicher jedesmal, ehe man ihm das Mikro-
phon freigab, »kernig!« zurief – der brauchte nur etwas Angst
in die Stimme zu kriegen, richtiger gesagt, Panik, je näher
der Morgen und der Feind rückte; sowjetische Panzerspitzen, sagte er, und allerdings hätte ihm kein Wort einfallen

können, das der tapferen Bevölkerung unserer Heimatstadt – so redete er uns an – tiefer in die Glieder hätte fahren können. Ich glaube nicht, daß er »Rette sich, wer kann!« gerufen hat, aber ich glaube, daß er sich nach seiner letzten Durchsage hat retten können, beim Krankenhaus am Osteingang der Stadt habe sich Volkssturm verbarrikadiert, trotzdem rate der Kreisleiter der tapferen, schwer geprüften Bevölkerung unserer unvergeßlichen Heimatstadt ...

Feige Schweine, sagte meine Mutter. Sie sprach sonst nicht so, oder nur bei seltenen Anlässen, auf die ich noch zu sprechen kommen werde. Sie hatte Kraftausdrücke nicht gern, sie besaß etwas mehr Bildung, als die Frau eines Lebensmittelkaufmanns besitzen muß, sie hatte, wie auch ihre Geschwister, Tante Lissy und Onkel Herbert, die Mittelschule in der Zimmerstraße besucht, die übrigens in der Nähe des jetzt von Volkssturm verbarrikadierten Krankenhauses lag. Dort hatte eine Französischlehrerin, die Fräulein Scharnowsky hieß und von ihren Schülerinnen heimlich »Mopsky« genannt wurde, sie durchaus nicht leiden können, um keinen Preis, all die Jahre nicht, denn sie, meine Mutter, hatte dieser Mademoiselle gleich am Anfang, in Unkenntnis ihrer Bazillenfurcht, versehentlich lange und herzlich die Hand gedrückt. Charlotte, hieß es seitdem, deine Aussprache befriedigt mich nicht! Und noch ich, fünfundzwanzig Jahre später, litt in meinem Bett unter der frühen Ungerechtigkeit, der meine Mutter ausgesetzt war, und bestätigte ihr stürmisch ihre tadellose französische Aussprache, wenn sie mir das einzige französische Liedchen vorsang, das sie konnte: Au clair de la lune ... Denn singen konnte sie, meine Mutter, da biß auch das übellaunige, nachträgerische Fräulein Mopsky keinen Faden von ab, sie sang ja schon als Volksschülerin im Kirchenchor »Vom Himmel hoch, da komm ich her«, wozu meine Großmutter, Schneiderin von Beruf, ihr ein langes weißes Gewand und goldpapierbeklebte Flügel angefertigt hatte, niemand sollte denken, meine Mutter käme aus einem armen Haus, was sie aber dennoch tat. Zwar hatte sie am Tage ihres Auftritts in der kalten Kirche eine heftige Angina, aber der Kirchenvorstand flehte, sie könne sie doch nicht alle sitzenlassen, und schickte eine geschlossene Kutsche, mit zwei Pferden, und in dieser wurden meine achtjährige Mutter mit den Engelsflügeln und meine Großmutter, die jetzt oben in ihrer Wohnung alle Türen abschloß, zur Konkordienkirche gefahren. Sie soll wie ein Engel gesungen und dann drei Wochen das Bett gehütet haben.

Mit den Ostpreußen und den Westpreußen war es etwas anderes als mit uns, ich hatte sie wochenlang beobachtet, seit die Schule nicht mehr stattfand oder vielmehr für die Flüchtlinge stattfand, die in den Klassenzimmern und besonders in der Turnhalle auf Stroh lagen. Mir kam es so vor, daß diese Menschen aus irgendeinem Grund besser für den Treck geschaffen waren als wir, denn sie hatten praktische Techniken ihres Alltagslebens und einen Gesichtsausdruck entwickelt, die ich uns einfach nicht zutrauen konnte. Und da wir in einer Luft aufwuchsen, in der der Spruch »Jedem das Seine!« lag, zweifelte ich nicht, daß die Flucht das Unsere nicht sein konnte. Je bekannter die Namen der Orte wurden, welche die Flüchtlinge nannten, wenn wir ihnen Kräutertee und Mettwurstbrote reichten, je dichter und hastiger die Trecks, deren Teilnehmer zuletzt nur noch mit Hohnlachen auf die Aufforderung reagierten, bei uns Rast zu machen, um so hartnäckiger schwiegen wir. Gewiß, heimlich, bei Nacht vermutlich, wurden Koffer gepackt und Bettensäcke gestopft, wie sich jetzt herausstellte, und ich wurde, wie immer in solchen Fällen, nicht eingeweiht, denn Kinder sind zu schonen, Kinder dürfen nicht alles wissen, Kinder müssen trotz allem eine glückliche Kindheit haben, Kinder verplappern sich ungewollt. Oder gewollt.

Kinder wissen von nichts.

Ich reagierte auf das verdrängte Wissen mit einem Weinkrampf, den meine Mutter Schwächeanfall nannte – sie hat sich ja auch überanstrengt, das Kind! – und von unserem Mädchen Elli mit einer großen Tasse heißen Pfefferminztees kurieren ließ. Morgen bleibst du aber zu Hause, nicht wahr, morgen gehst du nicht zur Flüchtlingsbetreuung, ich rufe deine Lehrerin an. Das tat sie, und so war sie es, meine Mutter, die zuletzt mit meiner angebeteten Lehrerin sprach, Fräulein Dr. Strauch, die volles Verständnis und Entgegenkommen zeigte und meine Einsatzbereitschaft ausdrücklich lobte. Aber den kleinen Jungen wollte meine Mutter doch nicht aufnehmen, nicht einmal solange, bis seine eigene Mutter in aller Ruhe hatte entbinden können, was unmittelbar bevorstand, wie die Hebamme ihr in meiner Gegenwart in der überfüllten Turnhalle der Hermann-Göring-Schule versichert hatte. Allerdings erst, wenn es ihr gelungen sein würde, warme Füße zu bekommen, mit kalten Füßen spielt sich gar nischt ab, junge Frau, kein einziges Baby auf der ganzen Welt geht zu einer Mutter, die kalte Füße hat. Nein, sagte meine Mutter, wir können den Jungen nicht nehmen, was sollen wir mit ihm machen, wenn wir selber … Da hätte sie es fast ausgesprochen, wenn ich nicht sofort in meinen Weinkrampf verfallen wäre, der nicht nur mit dieser fehlenden Satzhälfte zusammenhing, die ich nicht hören wollte, sondern auch mit dem kleinen steifen Paket, das ich am Abend aus einem der Flüchtlingswagen herausgeholt und an die Mutter weitergereicht hatte, die es aufwickelte und in schrille Schreie ausbrach. In diesem Januar waren Temperaturen von zwanzig Grad unter Null ja keine Seltenheit, man kann nicht unbegrenzte Zeit eine

Säuglingen zuträgliche Temperatur in einem Treckwagen aufrechterhalten, das leuchtete jedem ein, aber ich wollte das erfrorene Kind nicht sehen, ich wollte diese Steife loswerden, die in meinen Armen zurückgeblieben war, ich wollte eine gute Tat tun und den kleinen Jungen der Schwangeren nach Hause bringen, ich wollte glauben, daß ich mein Zuhause noch anderen Leuten anbieten konnte, ohne sie zu betrügen, ich kriegte das alles nicht fertig, da brach ich in Tränen aus und trank in großen Schlucken den heißen süßen Pfefferminztee.

Es erbitterte mich, daß jetzt in allen Häusern der Stadt die Führerbilder von der Wand gerissen wurden. Unser Führer war ein Ölbild, im Format 60 × 40, grau getönt, um seine graue, elegant geknickte Schirmmütze lief ein rotes Band, die Kordel war wieder grau. Er blickte uns nicht an, er blickte ziemlich genau auf die Glasschiebetür zwischen Eß- und Wohnzimmer, die dafür verantwortlich war, daß unsere Wohnung bei meinen Freundinnen als modern galt, und er zeigte uns seine starke, gerade Nase im Profil und ein einziges graublaues Auge, das starr war und daher von uns für fest gehalten wurde. Er blickte fest. Nicht immer, hatte Fräulein Dr. Strauch uns gesagt, als wir über die Gotenzüge sprachen – »Die den Alarich beweinen, ihres Volkes besten Toten« –, nicht immer sind die Merkmale der germanischen Rasse äußerlich am deutschen Volksgenossen sichtbar, obwohl es natürlich wünschbar wäre und gefördert wird. Der Führer jedenfalls, der immerhin dunkelhaarig sei und wohl auch dunkeläugig (wahrscheinlich war der Maler unseres graublauen Führerauges den wünschbaren Rassemerkmalen erlegen) – der Führer vereine in sich die entscheidenden inneren nordischen Eigenschaften, als da seien Mut, Härte, Treue, Einsatzbereitschaft bis zum Tod und deutsches Denken. Ich wußte, daß der Zweifel an der Rückkehr in dieses

Haus, zu diesem Schreibtisch mit den Geschäftsbüchern, an dem der Vater jeden Sonntag vormittag gesessen hatte, mit dem hellen Fleck an der Wand, da, wo der Führer einst hing, der Zweifel am Führer war. Eben deshalb verachtete ich sie, die jetzt sein Bild von der Wand rissen, im Hof bei der Mülltonne die Glasscheibe zersplitterten und Leinwand und Holzrahmen unten in die Zentralheizung steckten. Meine Mutter vergaß nicht, mir mein Tagebuch abzufordern und es mitzuverbrennen. Sie hätten es verdient, wenn man zum Werwolf ginge, aber wer sagte einem, wo der war?

Sogar im Laden war eingepackt worden, wie es sich herausstellte. Zum letzten Mal nahm meine Mutter die Sicherheitsstange von der Tür, ohne die kein Einbruchdiebstahl, der übrigens niemals vorgekommen war, von der Versicherung überhaupt beachtet worden wäre, schloß die Tür auf, nachdem sie die Verdunkelungsschleuse sorgfältig zugezogen hatte, und mein Großvater rollte das Butterfäßchen hinaus, während ich den Eimer mit Erdbeermarmelade trug. Die Butter wurde das Frühjahr über ranzig, die Erdbeermarmelade reichte immer noch, ranzige Butter mit Erdbeermarmelade wurde uns lange als beste aller möglichen Speisen aufgedrängt, aber jetzt war die Butter im Fäßchen noch frisch, und draußen, wie gesagt, herrschten zwanzig Grad Frost. Muß ich euch denn wirklich alles sagen, beklagte sich meine Mutter, und wir zogen unsere Mäntel noch einmal aus und zerrten einen zweiten Pullover über den ersten, was man auf dem Leibe hat, sagte meine Großmutter, wird einem nicht so leicht genommen. Alle hatten sie ihre Erfahrungen mit der Flucht, alle hatten sie nachts wach gelegen und sich gefragt, ob man zwei Pullover übereinanderzieht oder womöglich noch eine Strickjacke über einen der Pullover, sie hatten sich für die zwei Pullover entschieden, über den Holzbetten meiner Großeltern hing in einem schwarzen

Rahmen ein gestickter pausbäckiger Engel, der sein Kinn in die Hand stützte und über den ebenfalls gestickten Spruch nachdachte: Wenn auch der Hoffnung letzter Anker bricht – Verzage nicht. Jetzt, wo es nötig gewesen wäre, konnten sie sich an die Anweisung nicht halten. Daß die »Ostpreußen« auf ihren Koffern saßen, verstand sich sowieso: Tante Anni mit dem nachdunkelnden Scheitel und der nun brachliegenden Energie, mit der sie in Königsberg ein ganzes Fuhrgeschäft geschmissen hatte, die »Puppen«, Zwillinge, die auf Gina und Gitta hörten und verschieden groß und dick waren, und ihr Sohn Dieter, gleichaltrig mit Oddo, der hinter einer unschuldigen, ja vernünftigen Miene pausenlos abenteuerliche Aktionen ausheckte, in die mein Bruder sich bedenkenlos mit verwickelte, so daß selbst ich nicht mehr alle Spuren ihrer fast kriminellen Tätigkeit hatte verwischen können. Daß sie es gewesen waren, die in den Toiletten der Hermann-Göring-Schule (die wir ja beide besuchten, seit die Mädchenoberschule in ein Lazarett verwandelt worden war) die unentwickelten Filme angebrannt hatten, wurde mir übrigens lange verschwiegen; aber ich ahnte genug von ihren Umtrieben, daß es mir einen Schlag versetzte, als wegen einer Fahnenschändung eine umfangreiche Untersuchung eingeleitet wurde. Sie hatten allerdings nicht den Sack an der Fahnenstange hochgezogen, doch kannten sie den Täter: Einen schwächlichen, blassen Jungen aus ihrer Klasse, Hanns Fischer, ein Muttersöhnchen, den der Neid auf die Bandentätigkeit seiner Mitschüler zu einer Verzweiflungstat getrieben hatte. Niemand hat ihn übrigens verraten. –

Es sollte Abschied genommen werden. Die Geste, mit der die Mutter den Silberfuchs endgültig in den Schrank zurückwarf, schmerzte mich mehr als der Gedanke an irgendeinen eigenen Verlust, die Geste entsprach genau dem Anlaß, endlich hatte sich ein Anlaß gefunden, auf den man größere Gesten aufbauen konnte. Denn gerade die Ausbeutung kleiner Anlässe für große Scenen hatte mich in die Zurückhaltung getrieben, das Kind ist ja so schweigsam geworden, man weiß ja gar nicht, was es denkt. Ohne zu überlegen, hätte ich eine kleine Rundfrage meiner über alles verehrten Lehrerin, Fräulein Dr. Strauch, über das »schlimmste Gefühl« mit der Niederschrift des Wortes »Scham« beantworten können, aber ich schämte mich dessen und schrieb »Angst«. Das wundert mich aber, sagte Fräulein Dr. Strauch, das hätte ich eigentlich nicht gedacht. Mir fiel ein, daß ein deutsches Mädel keine Angst hat, aber was hätte ich schreiben sollen, vielleicht hat ein deutsches Mädel überhaupt keine schlimmen Gefühle? Meine Freundin Hanna hatte »Enttäuschung« geschrieben, Dora, die erst vor ein paar Monaten im Zuge – unser Direktor sagte beim Fahnenappell: Im Zuge der durchgeführten Evakuierung – aus dem zerbombten Berlin in unsere ruhige Stadt gekommen war, Dora schrieb »Neid«. Alles besser als Angst, was für ein Teufel hatte mich da geritten?

Jetzt hätte ich meiner Lehrerin – die übrigens in der Stadt blieb und als hohe NS-Funktionärin kurze Zeit später auf einem Transport in Richtung Osten starb –, jetzt hätte ich ihr mitteilen können, daß ein Gemisch aus allen diesen schlimmen Gefühlen wahrscheinlich das allerschlimmste ist, aber ich sagte ja nichts, aber man wußte ja wieder mal nicht, was ich dachte.

Ich dachte nicht daran, vor aller Augen Abschied zu nehmen. Es hatte gar keinen Zweck, mich weiter wie ein Kind zu behandeln, es hatte keinen Zweck, diese Forderung öffentlich zu stellen, ausgerechnet jetzt, wo jede Sekunde kostbar ist, es hatte keinen Zweck, mir zu empfehlen, ich möge mich noch einmal umsehen, weil ich ja nichts anderes wollte, als diese wüsten, entwürdigten Zimmer so bald wie möglich zu vergessen. Was mir auch vollständig gelang, so daß mir von jenem Morgen nichts geblieben ist als der Umriß der Mutter in der Tür, mein Daumen auf den Knoten prall gestopfter Bettensäcke, die zugebunden werden müssen, das Führerbild, der leere Fleck über dem Schreibtisch, die Geste mit dem Silberfuchs, dem ich so oft, wenn meine Mutter ihn über ihrem Mantel um die Schultern legte, gegen den Strich in das feine, flaumige Fell geblasen hatte, daß es sich wellenförmig aufstellte, und jene Minute im Flur, dem Telefon gegenüber, dessen Nummer ich niemals vergessen werde, so schnell ich sonst jede Zahl vergesse: 2592. Wen sollte ich anrufen? Ich nahm den Hörer ab: Die Leitung war tot. Ich weiß nicht mehr, ob die Tür zum Flur oder die Haustür offenstand, wie ich mich zu erinnern glaube, weil ein eisiger Luftzug entstand, der allerdings nicht unbedingt von außen kommen mußte. Etwas trat ein, ich kann es nicht näher erklären. Ihr versteht vielleicht, was ich meine, wenn ich sage, daß mich bis heute das Auftreten des steinernen Gastes in »Don Juan« unfehlbar an diesen Moment in jenem Morgen erinnert. Grauen, Fräulein Dr. Strauch. Grauen ist das schlimmste Gefühl. Haben sich Ihnen niemals die kleinen Haare auf dem Rücken gesträubt?

Das Kind hat eben eine zu lebhafte Phantasie, und dann wieder fehlt es ihm an Vorstellungskraft. Jetzt zum Beispiel steht sie da beim Telefon, sie hat den Hörer kurz abgehoben und ihn wieder in die Gabel gelegt, sehr sorgfältig, und man weiß wieder nicht, was sie denkt, sie denkt aber, daß sie sich nicht vorstellen kann, wie man in ein Haus soll zurückkehren können, das man auf diese Weise im Stich gelassen hat. Denn sie alle rüsten sich ja nur für Tage, vielleicht Wochen, bis der Führer und Oberste Feldherr die Reserven an diesen Frontabschnitt geworfen haben wird, sie nehmen ja keine Sommersachen mit, darüber würden sie ja laut lachen, und dieses Kind, das doch an den Führer zweifellos heftig glaubt, glaubt auf einmal nicht an die Rückkehr in dieses ihr Elternhaus, und schweigt darüber. Sie weiß, oder sie wünscht sich, ohne es natürlich zuzugeben, daß sie einmal fähig sein möge, an diesen Augenblick richtig zu denken – das heißt: gerecht. Denn Ungerechtigkeit ist ja vielleicht das allerschlimmste von allen allerschlimmsten Gefühlen. Sie weiß ja nicht, daß manche Art von Gerechtigkeit Jahre braucht, um sich einzustellen, Jahrzehnte sogar. Dann wird ein Foto vorliegen von eben diesem Elternhaus, das sie, als müsse sie ein Versprechen einhalten, tatsächlich nicht wiedergesehen hat. Dieses Foto zeigt ihr zweistöckiges, weißes Zweifamilienhaus vom Zahn der Zeit angenagt – Kampfhandlungen hat es ja in diesem Teil der Stadt nicht mehr gegeben –, es zeigt den Steingarten rechts neben dem Aufgang verwildert und die kleine Pappel an der Ecke als mächtigen Baum. Es zeigt auf der Böschung links, auf der immer Steinklee für die Kaninchen wuchs, einen wunderbaren Busch, der bis an die Erkerfenster des Eßzimmers reicht, und das wird ja wohl der kleine Akazienableger sein. Es zeigt, daß das vom Vater mit Plakatschrift gemalte Hinweisschild »Elektrische Rolle« erwartungsgemäß entfernt wurde, ebenso der Fahrradständer vor dem Laden und die roten Holzbuchstaben, die an einem Mauervorsprung um die zweifenstrige Ladenfront herumliefen: Lebensmittel, las man auf der Seite der Soldiner Straße, Feinkost und den Namen des Besitzers, Uhlmann, auf der Seite der August-Wilhelm-Heinrich-Straße, an der wir ja wohnten, als einer von zwei Anliegern. Der zweite war der Architekt Frithjoff in »Haus Leonore«, das allerdings zur Hälfte einem Brand zum Opfer gefallen ist, wie man auf dem Foto sieht. Der Sandberg ist abgetragen, ein stumpfer Kegel von mindestens zweihundert Meter Durchmesser, der aus nichts als aus allerfeinstem Kies und reinem Sand bestand, idealer konnte kein Spielplatz gedacht werden, und daß er abtragbar war, hätte man am wenigsten erwartet. Warum eigentlich nicht, er war ja früher hoch und wahrscheinlich spitz und mit Knöterich und Ginster bewachsen, da hieß er Galgenberg, und mein Großvater hat in seiner Jugend der letzten Exekution beiwohnen können. Es habe sich um einen Mörder gehandelt, die näheren Umstände, die mein Großvater bis an sein Lebensende getreu im Gedächtnis bewahrte, sind mir leider entfallen. Jedenfalls aber wollten sie unsere kurze Straße »Am Galgenberg« taufen – eine Zumutung für ein Lebensmittelgeschäft, hinter der meine Mutter eine böse Absicht vermutete und meinen Vater vergeblich anstachelte, in seinem Brief an die Stadtbehörde einen gepfefferten Ton anzuschlagen. Mein Vater aber schlug im Verkehr mit Behörden keine gepfefferten Töne an, aber das Substantiv »Geschäftsschädigung« hat meine Mutter ihm wohl abgerungen, wenn er es auch in einen höflichen Satz einbaute. Der Magistrat gab der Beschwerde statt, unsere kurze Straße bekam den langen Namen eines früh verstorbenen Ratsherrn mit unbekannten Verdiensten – das machen die aus Daffke, sagte meine Mutter –, mein Vater hatte die Behörden zu einer Korrektur gezwungen, er zeigte mir das Papier mit dem Siegel der Stadt, ich stand neben ihm am Schreibtisch in dem neuen Zimmer mit der silbrig glänzenden Tapete, der neue Führer hing an der Wand, die Sonne schien herein, mein Vater war ein entschlossener Mensch, auf den man sich stützen konnte, ich war sieben Jahre alt, und wir wohnten noch drei Jahre in dem neuen Haus, bis der Krieg begann.

Den Sandberg haben sie also auf dem Foto abgetragen und Reihenhäuser gebaut, wahrscheinlich in Großblockbauweise, wahrscheinlich für die polnischen Angestellten einiger Betriebe, die auch neu entstanden sind. Doch stehe ich ja noch im Flur, in jener eisigen Strömung, die von draußen oder von sonstwoher kommt, ich weigere mich, durch die Zimmer zu gehen, ich frage mich, ob meine Großmutter daran gedacht haben mag, jenes Jugendfoto meiner Mutter mitzunehmen, das an ihrer Wand hing, eine schöne junge Frau mit weichem Gesicht, dunklen, strahlenden Augen und einem großen Hut, mir lag an dem Bild, ich liebte es, wenn das Wort mal gestattet ist, aber doch nicht so sehr, daß ich danach gefragt hätte. Großmutter hatte es nicht mitgenommen, Großmutter hatte von allen Schränken und Türen alle Schlüssel mitgenommen, denn so schlecht waren die Menschen gewiß nicht, daß sie Türen aufbrachen, und man fand nach ihrem Tod in der Lutherstadt Wittenberg alle Schlüssel in einem Täschchen unter ihrer geringfügigen Wäsche.

Auch das dicke braune Fotoalbum schleppten wir nicht mit, es lag unter dem Fach mit den Sammeltassen im Buffet und hatte seinen ganz bestimmten Geruch angenommen. Natürlich wäre so ein Fotoalbum das erste, was ich das nächste Mal greifen würde, obwohl auch das Bedauern um diesen Verlust sich je länger, je mehr als überflüssig erweist, denn mir erscheinen auf Abruf mühelos alle Familienfotos, die ich euch allerdings nicht zeigen, sondern nur wiederholt beschreiben kann: Mag sein, das langweilt euch schon, das nackte dreijährige Mädchen mit dem Pagenkopf, dem man eine Girlande aus Eichenblättern zwischen den Beinen durch quer über den kleinen Leib gelegt und dem man einen Kranz von Eichenblättern aufgesetzt hat, dem man gesagt hat, es solle mit einem Eichenblättersträußchen winken. Das tat ich, du warst ein niedliches Kind.

Also täuschte mich mein Gefühl nicht, daß ich alles missen konnte, daß ich auf nichts zu bestehen hatte. Denn auf das Jugendbild der Mutter konnte ich auch später sehen, so-oft ich wollte und sogar, bis mir die Tränen kamen, wenn ich sie unbedingt brauchte, und ich konnte die Stimme der Großmutter dazu hören – jetzt kann ich es noch, wenn ich will: Da war deine Mutter noch ein junges Mädchen, das war in der ersten Zeit, als sie bei Ardolf war, in der Käsefabrik, da wurde sie Buchhalterin, erste Buchhalterin sogar, deine Mutter war tüchtig, und der alte Ardolf hat ihr erlaubt, uns mit Käse zu versorgen, das war eine große Hilfe, nach dem Krieg, was denkst du denn! Da mußte man ganz schön auf dem Kwiwief sein, sagte die Mutter, wenn sie dabei war, und ich höre sie noch, wenn ich will. Dann haben sie mir doch noch den ganzen Verkauf nach Berlin übertragen, alle vierzehn Tage bin ich hingefahren, ich hatte mein Stammzimmer in einem guten Hotel, mitten in der Inflation, was denkst du, was da los war! Aber mir ist nie jemand zu nahe getreten, das kannst du mir glauben.

Ich glaubte es, glaube es, werde es nun immer glauben und an euch weitersagen: Meine Mutter war tüchtig, und sie war schön, und in ihrer Jugend ist ihr niemand zu nahe getreten, denn es kommt immer darauf an, wie ein Mädchen erzogen ist und wie sie sich hält. Sie war streng und redlich erzogen, und sie hielt sich brav, so sollte und wollte auch ich tun und würde mir also keineswegs eingestehen, daß eine gewaltsame Austreibung aus Umständen, die man durch und durch kennt, ganz zwangsläufig eine Überführung in Zustände bedeutet, die man durch und durch nicht kennt und auf die man vielleicht mit der Zeit, nicht heute schon, aber irgendwann mal – ein bißchen neugierig wird. Ich müßte mich ja verabscheuen, wenn ich es in meinem Innern mit genauen Worten ausgesprochen hätte, daß die lichte Tapete von Blütensträußchen im Kinderzimmer, die mir am ersten Morgen, als ich in diesem Zimmer erwachte, wie ein besonders geglücktes Wunder erschienen war, etwas fahl geworden war, um es genau zu sagen – aber so genau sagte ich es mir nicht – ein kleines bißchen langweilig. Kamen denn die Kinder, denen ich noch vorgestern, auf einem Kasten in der Turnhalle der Hermann-Göring-Schule hokkend, »Dornröschen« oder »König Drosselbart« vorgelesen hatte, etwa auch direkt von solchen Tapeten weg? Hatten sie auch, wie ich es nun natürlich tat, ihr Märchenbuch zu Hause gelassen. Um das Buch ist es schade, ich hätte mir vielleicht die Glanzbildseite, auf der ich der bösen Königin die Augen mit einer Stecknadel ausgekratzt hatte, an meine Wand geheftet. Auch die rote, vergiftete Hälfte des Apfels habe ich übrigens weggekratzt und dadurch die Voraussetzung für die endlosen Geschichten geschaffen, die wir, mein Bruder Oddo und ich, abends spannen, um eine total glückliche, total gegen jede Gefahr abgesicherte Fassung des Schneewittchens herzustellen. Wir haben nie gezweifelt, daß wir Geschwister waren, denn darauf ruhte die Welt, aber mit kleiner Stimme, fest in die Bettdecken gewickelt, fragten wir uns zur Erhöhung der Spannung manchmal, ob nicht vielleicht unsere Eltern in Wirklichkeit unsere Stiefeltern seien? Und sich so ungeheuer gut verstellten? Und hinter unseren Rücken Grimassen schnitten, die Unheil erwarten ließen? Zwar haben wir sie nie, sooft wir uns blitzschnell umdrehten, bei einer Grimasse erwischt, aber besagte das wirklich etwas? Ein Schauer wohligsten Entsetzens, wenn unsere Mutter in der Tür erschien – ihr Umriß! – und energisch zum Schlafen mahnte. Die Gewißheit, daß sie, wie immer sie schelten mochte, keine Stiefmutter war, aber uns übelnahm, wenn wir zu wenig schliefen. So sollte in dringenden Fällen an die Wand geklopft und die Redeerlaubnis des anderen eingeholt werden. Oddo klopfte, ich hieß ihn sprechen. Er verlangte eine kurze und wahrheitsgemäße

Auskunft darüber, wie Kinder gemacht werden. Ich war geschmeichelt, aber nicht sicher, ob ich diese Verantwortung auf mich laden könne. Er aber, Oddo, der vor jedem neuen Satz pflichtgemäß an die Wand klopfte und meine Erlaubnis abwartete, er berief sich auf sein gemeingefährlich schlechtes Gedächtnis, das mir die Garantie gab, daß er, was immer ich ihm offenbaren würde, morgen alles, a l l e s, sag ich dir! vergessen haben würde. Mir lag daran, daß Oddo, fast vier Jahre jünger als ich, in anständiger Weise davon erfuhr, anders als ich, die allerdings auch keinen tiefen Schaden von der kaltschnäuzigen Aufklärung durch ein Nachbarskind davongetragen hatte. Ich klopfte also gegen die Wand, er gab mir die Erlaubnis, zu reden, da sagte ich's ihm. Er schwieg eine Sekunde, klopfte an die Wand, erhielt Sprecherlaubnis und gab bekannt, so etwas ähnliches habe er sich schon gedacht, und es sei eigentlich schade, daß er morgen schon das letzte Fitzelchen davon vergessen haben werde. Dann schwiegen wir beide eine lange Zeit und ließen die verschiedenartigen Gedanken in aller Ruhe denken, was sie wollten, aber dann, als ich schon einschlafen wollte, klopfte Oddo noch mal. Sprich schon, flüsterte ich, aber kurz! – Oddo fragte nur: Wir auch? Da rief die Mutter vom Flur aus, ob wir sie denn tatsächlich vollständig zur Verzweiflung treiben wollten. Ich flüsterte, ohne geklopft zu haben: Schlaf jetzt bloß! Was denkst denn du: Wir auch!

Das hätte ich ja nun ungern missen wollen, aber ich brauchte es nicht zu missen, das nahm ich ja mit, und was sollte mir ein Blick in das Kinderzimmer noch? Ich wußte ja, daß keine Schlange zwischen unseren Betten lag, wo sie sich allerdings lange Zeit Nacht für Nacht gerekelt hatte, baumstammdick und mordsüchtig, so daß es mir unmöglich war, nachts bei Dunkelheit mein warmes weiches weißes sicheres Bett zu verlassen, es lag ein Tabu auf dem Fußboden, ich durfte ihn nicht mit der Zehenspitze berühren, bei Strafe meines Todes nicht. Das Kind ist nervös, es ist überreizt, es liest zuviel, jetzt ruft sie schon nachts nach uns, wo kommen wir denn da hin? Aber die Schlange kam doch überhaupt nicht aus meinen Büchern, sie kam ja aus einer der beiden Geschichten von Schnäuzchen-Großvater, der zur Unterscheidung von Heinersdorf-Großvater so nach dem kleinen Hund hieß, einem Zwerg-Langhaarterrier, mit dem ich meine ersten Spiele und der mit mir unterm Tisch zwischen den Beinen der Erwachsenen seine Fleischknochen teilte. Die Schlange kam aus der Geschichte vom Holzfällerburschen, der nach anstrengendem Arbeitstag sich im Wald auf einem Baumstamm niederläßt und sein mitgebrachtes Brot ißt, bis der Baumstamm unter ihm in Bewegung kommt und aus dem Laub des vorigen Jahres eine baumdicke Schlange sich hervorwühlt. Der Bursche soll mit dem Schreck und mit weißen Haaren davongekommen sein, aber die Schlange blieb nun vor meinem Bett liegen, besonders seitdem in der Schlucht, durch die man in der Dämmerung nicht ging wegen der Penner, die sich dort früher herumgetrieben haben sollen, am harmlosen hellerlichten Tag ein schwarzhaarig-lockiger Mann mit düsterem Gesicht eine Schlange, die aus seiner Hose kam, vor mir langgezogen hatte. Ein Vorgang, den ich durchaus nicht verstand, aber vorsichtshalber verschwieg, weil mir in Fleisch und Blut gedrungen war, daß alles Unbekannte zuerst einmal Gegenstand von Sorge sein müsse. So verschwiegen wir die zerschlagene Tasse, die natürlich doch im Mülleimer entdeckt wurde und ausgerechnet vor allen anderen Kindern zu einer Ohrfeige führte; verschwiegen die Angehörigkeit von Bruder Oddo zur Soldinerstraßen-Bande, der ich insofern nützlich sein konnte, daß ich vom Bodenfenster aus das Herannahen der Lehmannstraßen-Bande rechtzeitig feststellen und signalisieren konnte; verschwiegen die Übelkeit nach dem ersten Versuch, Kirschblätter aus Tabakspfeifen zu rauchen, und verschwiegen sogar eine Angina, bis das knödelige Sprechen meinen Bruder verriet. Ich log ungern, in Notfällen, von denen noch die Rede sein wird, und ich erschrak vor mir bei jeder Lüge und behielt sie für lange. Aber die Technik des Verschweigens und der frommen Heuchelei beherrschte ich wohl, und sie belastete mein Gewissen, das sich zwischen den strengen Regeln meiner besorgten Mutter und den Notwendigkeiten des fünfzehnjährigen Alltagslebens keinen Rat wußte. So daß ich mich an jenem Morgen zu dem kurzen, aber wie ein Blitz eindringenden, größenwahnsinnigen Gedanken verstieg, diese ganze große Austreibung könne vielleicht nichts anderes sein als der Vorwand, um mich von dem Zwang zu übertriebenen Bezeugungen von Anhänglichkeit und Anteilnahme zu befreien, unter denen doch, das wußte ich schweren Herzens, eine schreckliche Gleichgültigkeit wuchs, die niemand mir vergeben konnte, am wenigsten ich selbst, obwohl ich doch auch wieder wußte, wie sehr ich Anteil nahm. So daß ein Zustand erreicht wurde, in dem es mir jedenfalls nicht vollständig unmöglich vorkam, daß ganze Panzerarmeen in Marsch gesetzt waren, um mich aus den Verstrickungen von halben und ganzen Unehrlichkeiten zu erlösen.

Vergeßt nicht, was für eine schöne Kindheit ihr hattet! Solche Sätze standen meiner Mutter zur Verfügung, sie konnte einem die Hand dazu auf die Schulter legen, es gab kein Gesicht, das man solchen Sätzen entgegenhalten konnte, warum gebt ihr euch so verstockt? Wir hatten eine schöne Kindheit, und nun ist sie zu Ende, wir waren Statisten in einem Stück, dessen glücklicher Ausgang uns garantiert war am Tage unserer Geburt, und jetzt warf man uns mitten in eine Tragödie, deren Gesetze uns vollkommen fremd waren – obwohl es einen im letzten Winkel des Bewußtseins ein wenig schmeichelt, wenn eine so schwierige und ergiebige Rolle einem zugemutet wird. Die Angst hört sofort auf, wenn der Verlust eingetreten ist, vor dem man gezittert hat. Auf einmal wird der hauchdünne Reif von Langeweile, der auf zu lange unbewegten Verhältnissen sich absetzt, weggeputzt.

Ihr wißt, wie verzweigt meine Familie ist. Heute lebt sie verstreut, und ihr kennt nicht einmal alle ihre Glieder, damals war sie durch Geburt, den Hang zur Solidität und Seßhaftigkeit, durch überdurchschnittliche Kohäsionskraft und verschiedenartige Schicksalsschläge – Ehescheidung, geschäftlicher Bankrott –, die zur Rückkehr in den Ursprungsort zwangen, auf diese eine Stadt konzentriert und hatte nun zu meiner Bewunderung und zu meinem Mißbehagen wie sonst einen Familienausflug nach Altensorge ihren gemeinsamen Auszug aus dieser unsicher gewordenen Stadt sorgfältig vorbereitet. Der Lastwagen mit Anhänger, der vor der Tür hielt, gehörte der Firma Hannemann und Sohn, Holz- und Kohlenengros, Transporte, der mein Onkel Alfons seit seinen Lehrlingsjahren durch dick und dünn in unwandelbarer Treue verbunden war. Eine Verbundenheit übrigens, die in Familienkreisen nicht ohne Naserümpfen vermerkt wurde: Onkel Alfons schuftet wie ein Pferd für diesen Hannemann, und was hat er davon? Ausgebeutet wird er, er drängelt sich noch danach, er tanzt, wie Hannemann pfeift, bedingungslos. Nein, das war nichts für die anderen Männer der Familie, Fußabtreter für einen Chef zu sein, aber wer brachte jetzt den Lastwagen, uns alle zu retten? Nicht mein Vater, der mit seinen französischen Gefangenen radebrechend nach Nordosten zog, dem Punkt entgegen, der nur noch Stunden von ihm entfernt war, an dem eben jene unheimlichen sowjetischen Panzerspitzen, von

Norden kommend, die Soldiner Chaussee kreuzten, um dann in Eile weiter auf die südlichere Küstriner Chaussee herabzustoßen, die also einige wenige Stunden länger noch für uns offen war; mein Vater fiel aus, für länger. Nicht mein Onkel Herbert, der Bruder meiner Mutter, unser Lieblingsonkel, weil er nüchtern und gerecht dachte, weil er es vom einfachen Schlosser zum Werkmeister in der Landmaschinenfabrik Mischke und Co. gebracht hatte, wo er nun allerdings irgendwelche Einzelteile für Geschütze herstellte und für den Krieg, aber auch für die Flucht unabkömmlich war. Er hatte seine Frau, Tante Lucie, und meine Cousine Gabi in den Lastwagen gesetzt, hatte ihm nachgewinkt und war mit seiner abgewetzten Aktentasche zur Arbeit gegangen. Der geschiedene Mann meiner Tante Magda, die mit Adoptivsohn Achim auch bereits auf dem Anhänger des Lastwagens Platz genommen hatte, fiel aus, weil er im fernen Schwerin saß, und überhaupt. Und über Tante Wilmas Mann Richard, von dem sie nicht geschieden war, sprach man lieber überhaupt nicht mehr. So blieb Alfons, Alfons Schawein, den auch als Prokurist niemand hatte für voll nehmen wollen: Er kam mit dem Lastwagen, er sammelte sie alle ein, er saß am Steuer und erteilte Anweisungen, er rückte seine Mütze zurück, wischte sich den Schweiß von der Stirn und trieb zur Eile. Man mußte ihm dankbar in seine ein wenig eng zusammenstehenden Augen sehen, man mußte Tante Alice, seiner Frau, sagen, wie tüchtig ihr Mann war, und man mußte begreifen, daß diese endlich zutage getretene Tüchtigkeit von Onkel Alfons meiner Tante Alice – die wir Kinder Lissy nannten – den schrecklichen Tag um ein weniges verschönte.

Ich werde den Beweis noch antreten, jetzt müßt ihr mir einfach glauben, daß sechzehn Mitglieder unserer Familie, vertreten durch die Stammnamen Uhlmann und Janowsky und durch die Nebenzweige Schawein, Bieder, Bunge und Feinlich, im Hannemannschen Lastwagen saßen, als Onkel Alfons das Kommando zum Abfahren gab und seinen Führersitz im Führerhaus hinter dem Lenkrad bestieg. Sein Atem dampfte aus dem Seitenfenster, noch war ich draußen, noch konnte ich meinen Blick auf die vier Bahrschen Häuser richten, die mit ihren jeweils sechs Zwei- bis Dreizimmerwohnungen eine Rolle bei den Berechnungen meines Vaters über zu erwartende Kundenzahlen gespielt hatten und in deren drittem, links parterre, der Fähnleinführer Horst Binder wohnte, der mir mit seinem dämonischen Blick bis in die Accordeonstunde nachlief, so daß ich in meinem Vorsatz, den Donauwalzer und »Es zog ein Bauer ins Heu« zu üben, erst recht schwankend wurde; Horst Binder, der am Abend des gleichen Tages mit einer Waffe mir unbekannter Herkunft zuerst seine Eltern, dann sich erschießen wird, sechzehnjährig, weil er nicht in die Hände des Feindes fallen will oder weil er vielleicht mehr als vor allem anderen vor der Entdeckung Angst hatte, daß aus vierundzwanzig Stunden immer weiter Tag und Nacht wird, wenn auch der Feind seine und bald jedermanns Heimatstadt eingenommen hat. – Ich konnte an die rechte Seite unseres Fluchtwagens treten und hinübersehen nach »Haus Daheim«, wo die beiden Töchter Lore und Eve, die mit mir den gleichen Schulweg hatten, immer nur fast, niemals aber ganz meine Freundinnen geworden waren, sogar dann nicht, als sie mich zu Geburtstagsfeiern in das weit von der Straße weggerückte, durch hohe Zäune unzugänglich gemachte Haus eingeladen hatten, in dem es ganz normal zuging, wenn auch etwas ältlich. Ich konnte den Eingang der »Schlucht« sehen, jener kleinen Kette von Endmoränenhügeln, in die ein Tal – eben die Schlucht – eingekerbt und zum Weg festgetreten war, in dem alle unsere Rodelabfahrten lagen, die

Hubbelbahn und die Teufelsbahn und die Riesenbahn, auf der ich mir meine Skispitze abgebrochen hatte. Ich konnte dann meinen Blick zurückziehen, über die Soldiner Straße, an unserem Haus entlang – Wohnzimmerfenster, hinter dem ich gehockt und »Miß Sara Sampson« gelesen hatte, Kinderzimmerfenster, Schlafzimmerfenster, Außentreppe, Steingarten. Dann Frithjoffs Haus, weit im Hintergrund die Häuserblocks der Fennerstraße, alles unsere festen Kunden, im Vordergrund die Tonröhren, die hier seit Jahren lagen für eine einstmals geplante und dann, wichtiger Kriegsvorhaben wegen, ausgesetzte Erdleitung, der Sandberg, dahinter und darüber auf ihrer Höhe die Strantz-Kaserne, Gulaschkanone, Erbsensuppe mit Speck an Besichtigungstagen. Und Schluß.

Ich weiß nicht mehr, wer mich in den Wagen zog, ich weiß noch, daß meine Mutter nachschob, daß ich ihr nun meinerseits die Hand reichte, um sie hinaufzuziehen, daß sie meine Hand auch ergriff, einen Fuß hochsetzte, auf den Rand des Wagens, sich schon den Ruck zum Aufsteigen gab und dann plötzlich zurücksackte, meine Hand losließ.

Nein, sagte meine Mutter. Es geht nicht. Ich kann nicht mit. Ich muß hierbleiben.

Noch ein Gefühl, Fräulein Dr. Strauch, ich hätte es glatt auf die Liste schreiben können: Ungläubiges Entsetzen.

2.

Meine Mutter war nicht in Übereinstimmung mit dem Leben, das sie führen mußte. Ihr Jugendbild, das ich kannte, war nicht in Übereinstimmung mit der Mutter, die ich kannte, das war der Grund, daß ich das Bild liebte, aber zugleich mit dem geschärften Gefühl für Unpassendes, das Kinder in sich selbst betrügenden Familien entwickeln, diese Liebe wie etwas Verbotenes verbarg. Manchmal, zu Großmutters Geburtstag, saß meine Mutter an dem ausgezogenen Tisch gerade unter ihrem Bild, dann setzte ich mich ihr genau gegenüber und verglich sie mit sich selbst. Das Ergebnis fiel jedesmal anders aus, aber ich wußte nicht, was die stärkere oder schwächere Angleichung an ihr Bild bewirkte. Ich weiß nur, daß ich lachte, wenn sie fröhlich war, und daß ich mich vor allen Fährnissen sicher fühlte, wenn sie sich über meine Angewohnheit, die Decke von den Streuselkuchenstücken abzuheben und zuallerletzt zu essen, lustig machen konnte, anstatt sie mir wie manchmal zu verbieten. Mein Bruder Bodo und ich gerieten aus dem Häuschen, wenn sie »Am Brunnen vor dem Tore« sang und »Ein Wandersmann mit dem Stab in der Hand, kehrt wieder heim aus dem fremden Land«. Tante Lissy konnte sich anstrengen, wie sie wollte, sie hatte nun mal nicht diese Stimme und überhaupt diesen Hang zur Musik, wenn sie auch meinen Vater meist vergeblich bat, das Hamburger Hafenkonzert oder das Wunschkonzert abzustellen und ihr die Kleine Nachtmusik zu gönnen, mein Vater war der Ansicht, davon könne überhaupt kein Mensch etwas haben, und wer es dennoch behauptete, stelle sich an. »Sah ein Knab ein Röslein stehn«, sang meine Mutter, aber manchmal kam sie auch erst gar nicht zu den Geburtstagsfeiern. Geh du doch mal runter zu ihr, Herbert, auf dich hört sie noch am meisten, und was hat sie denn überhaupt, daß sie da unten sitzt und weint? Weiß ich's denn, sagte mein Vater, er wußte es also nicht, Charlotte hatte also wieder mal ihre Tour, sie machte wieder mal aus der Mücke einen Elefanten, sie nahm wieder mal alles zu tragisch, denn schließlich wird man doch noch mal ein Wort sagen dürfen, schließlich kann man doch nicht alles gleich auf die Goldwaage legen, wo kämen wir denn da hin. Uns so den Geburtstag zu versauen; und überhaupt, schon wegen der Kinder!

Daß mein Vater wußte, wie man eine Auster aus der Schale schlürft und wie man sich an diese geschmacklose, glibbrige, aber nahrhafte Speise gewöhnt, verdankte er seinem Aufenthalt als Gefangener in Marseille, wo die Leute zuerst »Bosch« zu ihnen sagten und mit Steinen warfen, wenn man sie durch die Straßen trieb, woraus man sehen konnte, wie verhetzt die Franzosen waren. Merkwürdigerweise wog diese Kenntnis, wog sein zweimaliger Fluchtversuch aus der Gefangenschaft, der mit Hungerkarzer geahndet wurde, wog die Tatsache, daß er als Achtzehnjähriger »vor Verdun gelegen« hatte, wo sie die Engel im Himmel singen hörten – wog alles dies nicht so schwer wie das Pfund von Tüchtigkeit, das meine Mutter, die meinen Vater noch nicht kannte, in der Zwischenzeit zu Hause in der Käsefabrik Ardolf als erste Buchhalterin hatte sammeln können. Jedermann billigte meinem Vater zu, daß er sich erst habe ausleben müssen, nachdem er endlich der langjährigen Gefangenschaft ledig war, nur meine Mutter machte dazu ein undurchdringliches Gesicht, aber das alles lag vor ihrer Zeit, lag vor der Geburtstagsfeier einer ihrer Kolleginnen, Mieze Riekmann, ein ulkiges Huhn, ziemlich falsch, nebenbei bemerkt, und flott, das konnte man wohl sagen, aber unverheiratet. Der alte Ardolf hat sich später von ihr trennen müssen, sie schielte nach seinem Sohn, dem jungen Ardolf, und schielte ist noch zu wenig gesagt. Aber jedenfalls gab es bei ihren Geburtstagen genug zu trinken, und mein Vater war der Tischherr meiner Mutter, Mieze Riekmann und mein Vater hatten einen gemeinsamen Freund von der Ruderriege, den Gustel Scholz, das war eine Nummer, mit dem konnte man Pferde stehlen gehen, und das haben wir ja auch getan, wir von der Ruderriege waren stadtbekannt, damals. Euer Vater auch, sagte meine Mutter, auf einmal war sie stolz, er war ein Bonvivant, und angezogen – immer tipptopp! Aber er trank natürlich über den Durst, und da wollte ich mich klammheimlich davonmachen, aber da kannte ich euren Vater schlecht. Ich werde doch meine Tischdame nach Hause bringen, werd ich doch wohl! hat er gerufen, immer Lebemann, euer Vater, immer Mann von Welt, und er hat mich nach Hause gebracht, fragt bloß nicht, wie! Wir lachten, daß uns die Tränen kamen, wie war doch die Mutter lustig, wie hatte doch mit den Eltern alles so lustig angefangen, was war doch diese Mieze Riekmann für eine nette Person, mochte sie intrigant sein, na schön, und flott, bittesehr, mochte sie nach dem jungen Herrn Ardolf geschielt haben – gab es überhaupt irgendein Vergehen, das durch die gemeinsame Einladung von Fräulein Charlotte Janowsky und Herrn Bruno Uhlmann an jenem bedeutsamen Geburtstagsabend nicht mehr als wettgemacht war? Ja, sagte mein Vater, Bier und verschiedene Schnäpse, und nicht viel im Magen, das vertrug man eben nicht. Meine Mutter hat ihn auf die Steinbalustrade ihres Vorgärtchens abgesetzt, Küstriner Straße, ich kenn das Haus, ich kenne die Balustrade. Meine Mutter ist wie der Blitz in ihre Tür geschlüpft, wie der Blitz die Treppen hinaufgerannt, leise, aber immer noch wie der Blitz in ihr Zimmer geschlichen und hat zum Fenster hinausgesehen: Bis heute weiß kein

Mensch, wie der stinkbesoffene Kerl: Mein Vater, wir konnten uns totlachen! – wie der also von der Balustrade weg-
gekommen ist. Und wißt ihr, wo ich übernachtet habe? Wir
wußten es, wir schrieen es im Chor, aber wir konnten es immer wieder hören: Im Stadtpark! Zwanzig Meter neben
dem Ententeich, Betrunkene haben ihren Schutzengel, ein
Parkwächter hat ihn früh wachgerüttelt und den unüber-
troffenen Ausspruch getan: Ich dachte, Sie wären ne Leiche!
Ich dachte … Wir erstickten fast. Ne Leiche! Zwanzig Meter weiter, dann wärt ihr beide … So spielt der Zufall, erst
Verdun, dann diese gefährliche Arbeit an den Überlandlei-
tungen bei Marseille, und schließlich der Ententeich in unserem Stadtpark, immer zu unseren Gunsten, wie es sein
muß, ein guter Mensch geht nicht unter. Aber am nächsten
Morgen hat er mich angerufen, und er hat zu mir gesagt:
Wissen Sie, Fräulein Charlotte, wo ich heute übernachtet
habe? – Nee, sagte meine Mutter, eure Großmutter, diesen
versoffenen Kerl?

Jedoch hat Bruno Uhlmann am Tage seiner Hochzeit
mit Fräulein Janowsky aufgehört, sich auszuleben, er hatte
es hinter sich, und ihr, sowieso, war niemand zu nahe getreten, sie war nun sechsundzwanzig und er achtundzwanzig,
und sie gründeten ihr erstes Geschäft im Fröhlichschen Haus
Ecke Küstriner Straße, und hausten in einem einzigen Zimmer hinter dem Laden, und einer finsteren Küche, und als
ich nach drei Jahren geboren wurde, in diesem strengen
Winter mitten in der Wirtschaftskrise, von dem die Sagen
überdauert haben, fror in meinem Fläschchen die Milch,
und meines Vaters Kundschaft hatte mehr Schulden als
Geld. So haben wir angefangen, und das war kein Zucker-
lecken, und manches Mal haben wir die Zähne zusammen-
beißen müssen, das könnt ihr glauben.

Auf dem Bild mit dem großen Hut sah meine Mutter so

aus, als sei dieses Foto vor dem Zähnezusammenbeißen aufgenommen worden, und das war es ja vielleicht. Ich weiß nicht, wann das Gesicht, das ich kannte, sich über dieses frühe Gesicht gelegt hat, ich versuche, den Faden ihres Lebens in die Hand zu nehmen, und finde nicht den Umschlagpunkt, kann das Ende des Jugendgesichts nicht finden. Eines ist merkwürdig: In ihrer Verlobungszeit waren sie ja in Dievenow, sie gönnten sich jene Ostsee-Reise, von der noch oft geredet wurde als von einem unerhörten Luxus, sie brachten ja ein Foto mit, bräunlich getönt, das weiß ich, das auch in dem dicken braunen Fotoalbum klebte, sie hatten sich so aufgestellt, daß man alle luxuriösen Vorzüge dieser Reise auf einmal sah: Das Meer, den Strand und ihren Strandkorb, ich sehe sie deutlich, meine Großmutter in einem geblümten Kleid und mit einem Ausdruck von Stolz und Zufriedenheit, den sie einfach nicht unterdrücken konnte, mein Vater am Ende seiner Auslebeperiode in dem Aufzug, den meine Mutter uns oft beschrieben hat, Kreissäge, helles Jackett und Stöckchen, und im etwas verwunderten Gesicht den Kneifer, aber ich kann mich anstrengen, wie ich will, meine Mutter, die natürlich auf dem Foto war, sehe ich nicht. Mir ist, als hätte sie im Strandkorb gesessen, in einem weißen Kleid – ja, das ist fast sicher. Aber hatte sie die Haare schon kurz geschnitten? Lachte sie? Oder borge ich mir jetzt ihren Ausdruck von jenem anderen Bild, da sie mich vor sich hinhält, mich, wenige Tage alt. Da hat sie die Haare kurz geschnitten, da lacht sie.

Damals hat sie vielleicht den Laden noch nicht gehaßt – sie liebte rigorose Sätze und konnte sie gebrauchen; sie sagte: Wie ich diesen Laden hasse, das kann ich überhaupt keinem Menschen sagen! Mitten im Krieg, mitten in der Zeit größter Schweigsamkeit – eines Schweigens, das ich erst viel später in mir spürte, dann allerdings als einen Mangel, ja, als einen Makel, der nicht wieder gutzumachen war – an einem Herbstabend, zehn Minuten nach 19 Uhr, zehn Minuten nach Ladenschluß also, nahm meine Mutter das große Schlüsselbund mit allen Laden- und Kassenschlüsseln und warf es dem Wachtmeister vor die Füße, der unseren Laden zehn Minuten zu lange geöffnet fand und dies als unsaubere Konkurrenz bemängeln wollte. Sie warf ihm den Schlüssel hin, ich höre ihn noch auf den Terrazzofliesen klirren, sie schrie, dann solle er sie doch einsperren, solle er doch, dann hätte doch wenigstens diese Schufterei ein Ende, dann könne sie sich doch wenigstens mal ausschlafen, dann solle er sich doch hinter den Ladentisch stellen und die Frauen beruhigen, er oder einer seiner Bonzen da oben. Der grauhaarige Wachtmeister zog sich, wortlos rückwärtsgehend, hinaus, auf Zehenspitzen, während meine Mutter noch lange nicht fertig war und sich wieder einmal um Kopf und Kragen redete, wie mein Vater es ihr manchmal voraussagte: Du wirst dich um Kopf und Kragen reden, Mädel! Sowieso steht mir alles bis hier, schrie meine Mutter dem Wachtmeister nach und zeigte mit der Hand, bis wohin ihr alles stand, über dem Mund jedenfalls. Ich hasse diesen Scheißladen, schrie sie hinter ihm her, das war wieder eine der Gelegenheiten für einen dieser Ausdrücke, die sie sonst mied.

So beruhigen Sie sich doch, liebe Frau Uhlmann, sagte Frau Blankenstein, die Frau von Rechtsanwalt Blankenstein, deretwegen der Laden noch offen war, die immer kurz vor Ladenschluß kam, damit meine Mutter ihr das Stück Margarine oder das Achtel Rosinen zustecken konnte, das sie für gute Kunden manchmal herauswirtschaftete; sie kam, wenn der Laden leer war, weil sie manchmal mit einem Menschen ein Wort wechseln mußte über die Erfahrungen, die ihr Mann in seinem Beruf machen mußte und die er kaum mit ihr besprach. Meine Mutter schickte mich dann nach oben, sie brauche mich nicht mehr, ich solle das Telefon mit hochnehmen und das Kästchen mit den Marken, sie käme gleich nach. Zu der gleichen Frau Blankenstein schickte sie mich auch in jener Nacht, als sie diese Bauchschmerzen bekam, lauf rüber, klingele, bis sie dir aufmacht, sag ihr, ich brauch einen Arzt, sie weiß schon Bescheid. Steif vor Angst lag ich dann in meinem Bett und hörte Frau Blankenstein telefonieren, ja, es ist dringend, rief sie, ja, sofort, die Frau verblutet ja. Ich sprang auf, ich lief ins Schlafzimmer, meine Mutter sagte, leg dich hin, das ist nichts für dich, hab keine Angst, es ist nicht schlimm, aber dein Vater hat alles gewußt und ist zu seinem EDEKA-Vergnügen gegangen, das sagte sie noch, als sie auf der Bahre lag, als die Männer sie an mir vorbei hinaustrugen. Er hat alles gewußt und ist trotzdem gegangen. Als er kam, nach Mitternacht, roch er nach Alkohol und tat mir leid, weil er so erschrocken war. Mir kam der Verdacht, daß er weggegangen war, um nicht zusehen zu müssen, wie seine Frau hinausgetragen wurde, ich sagte ihm, daß sie geblutet habe, ich deutete an, wo, ich kannte keinen Ausdruck, den ich verwenden konnte, aber er verstand mich und war mir dankbar, ohne irgend etwas zu erklären. Am nächsten Vormittag kam Tante Lucie, die Frau von Mutters Bruder Herbert, um sie im Geschäft zu ersetzen, meine Mutter hatte das Schlimmste hinter sich, wie ich hörte, und es war vielleicht besser so, sagte Tante Lucie, was sollte Charlotte mit einem dritten Kind, bei ihrer Arbeit und jetzt mitten im Krieg?

Ich weiß nicht, wann ich das dumpfe Geheimnis meiner Eltern zu ahnen begann: Daß meine Mutter die Arbeit haßte, von der wir alle leben mußten – obwohl sie es sich nicht nehmen ließ, eine außerordentlich tüchtige Geschäftsfrau zu sein –, und daß sie im stillen meinem Vater vorwarf, sie da hineingezogen zu haben. Sie trauerte um alle ihre verlorenen Möglichkeiten, aber weil stilles Dulden nicht in ihrem Charakter lag, fand sie hundert Vorwände, ihre große Enttäuschung in lauter kleine Anklagen umzumünzen, in einen ständigen aufreibenden Kampf gegen das Verloddern – das Gespenst, das ihr als das ärgste vor Augen stand – und in ihre dauernde Sorge um uns, die uns nur den Rückzug in lauter kleine verheimlichte Übertretungen übrigließ. Ist es wahr, daß du bis nachts um eins gelesen hast? Schwindel nicht, die Kundschaft hat's gesehen, du ruinierst deine Gesundheit. Lies nicht soviel, du verdirbst dir die Augen. Geh raus, du brauchst frische Luft. Und die Scenen am frühen Morgen, da sie wieder einem neuen zermürbenden Tag nicht entgehen konnte, wenn das Mädchen fünf Minuten zu spät kam, wenn einer von uns seine Schultasche noch nicht gepackt hatte, wenn ich vergeblich einen Handschuh suchte. Ihr verloddert und verludert, seht ihr nicht, daß ich mich nicht um euch kümmern kann! So fängt es an, mein Gott, womit hab ich das verdient? Das Aufatmen, mit dem ich die Tür hinter mir zuzog, habe ich nicht vergessen. Einmal hatte sie mir von der Ladentür aus nachgesehen und rief mich zurück: Jetzt gehst du rauf und putzt dir die Schuhe, man geht nicht mit ungeputzten Schuhen in die Schule, ein für allemal. Wo kämen wir denn da hin!

Und sie war ja niemals da. Einmal wie ein anderes Kind mit der Mutter gemütlich durch die Stadt bummeln, ins Café Kraeger gehen und Liebesknochen essen! Das wünschst du dir so sehr? Du, das machen wir mal. Ich nehm mir die paar Stunden, wir gehen ins Café Kraeger! Wir saßen an einem runden Marmortischchen, man kannte meine Mutter, was, so ein großes Mädel haben Sie schon? Irgendwelche Palmen standen da in Kübeln, und es roch wie im Paradies. Ich hatte die allerbeste Mutter. Aber Kind! sagte sie und lachte. Du hast ein Arbeitskrönchen, sagten wir, wenn sie mittags noch eine Minute bei Tisch saß, und bliesen die kurzen Harre hoch, die ihre Stirn umrahmten. Aber Kinder, ihr seid doch verrückt. Wir spielten Vater Mutter Kind, Bodo war der Vater, ich die Mutter, Kinder waren meine Puppen Lieselotte, Hertha und Pummelchen. Hertha war meine Lieblingspuppe, schon meine Mutter hatte sie besessen, sie hatte echtes Haar, ich glaubte, es sei das Haar meiner Mutter, und roch daran. Ich warf Pummelchen vom Schrank, wo sie in ihrem Bettchen lag, so ungeschickt auf mein Bett hinunter, daß ihr Kopf gegen die Wand knallte und in zwei Stücke brach. Wir hoben ein herzzerreißendes Gebrüll an, ich glaubte, ein solcher Schmerz sei durch nichts zu heilen, meine Mutter kam angstvoll hereingestürzt, sie fand ihre schlimmsten Befürchtungen nicht bestätigt, sie nahm die zerbrochene Puppe sorgfältig in ihre Schürze, sie sagte, das arme Pummelchen sei nun zwar schwer krank, aber doch nicht unheilbar, sie werde sie in die Puppenklinik bringen, alles werde gut. Ich wußte jetzt, was Seligkeit ist, ich heulte vor Freude, meine Mutter schlug uns vor, das neue Puppengeschirr einzuweihen, sie kochte mit uns auf dem Puppenherd Griesbrei, die neuen Puppenteller hatten einen goldenen Rand, der ganz und gar in dem Griesbrei sich auflöste, wir lachten alle drei schrecklich über den goldenen Griesbrei, so hat mir überhaupt noch nichts geschmeckt, sagte ich.

Oder ich zog eine Perlenkette auf, für meine Mutter, da riß der dünne Faden, als sie fast fertig war. Und sie sollte doch für dich sein! schluchzte ich, da gab sie mir dicken Zwirn, und den ganzen Abend lang trug sie die Kette, die ich ihr machte, und sah sehr schön aus. Und dann wieder konnte sie nicht darüber hinwegkommen, daß ich die Pellkartoffeln ungewaschen in den Topf getan hatte, ungeschickt, o wie ungeschickt! sagte sie immer wieder, bis ich aufmuckte und sie fragte, ob sie als Kind niemals etwas falsch gemacht habe. Nein, sagte sie, nicht so einfache Sachen, wir mußten ganz anders ran.

Es gab den Wettstreit zwischen ihr und dem Vater, wessen Familie ärmer gewesen war, ein einziges Viertel Wurst in der Woche, sagte meine Mutter, und das kriegte am Sonntag der Vater, wir kriegten mal so übers Brot gehuscht, und dann hielt meine Mutter eine Ziege, aber nicht daß ihr denkt, die Milch war für uns, sie verkaufte noch davon. Und Hühner sowieso, und dann nähte sie für Leute. Meine Mutter hat nur gearbeitet. Von ihrem Vater, Schnäuzchen-Großvater, war kaum die Rede, aber das fiel mir nicht auf, er war eben früh pensioniert worden, es herrschte Arbeitsmangel bei der Reichsbahn und Überfluß an Fahrkartenknipsern, das waren die Zeiten. Ach, ihr habt keine Ahnung …

Der Vater war gekränkt, daß er keine Ahnung haben sollte, denn wenn jemand die Armut kannte, dann war es wohl er, und mehr als einmal ging er mit uns an der Kellerwohnung in der Schönhofstraße vorbei, um uns zu zeigen, wo er als Kind gehaust hatte, meint ihr, irgendein Mensch hätte mir damals auch nur zugehört, wenn ich gesagt hätte, ich werde mal ein eigenes Haus haben? – Lehrer hättest du sein können, Bruno, sagte meine Mutter, und mir gab es einen Stich, daß ein anderes Leben als das einzige, das ich mir vorstellen konnte, meinem Vater angeboten worden war, er ist extra zu uns nach Hause gekommen, Lehrer Meyer, Ihr Sohn ist seit Jahren Primus, hat er zu Großvater gesagt, ich kann um ein Stipendium für ihn einreichen, lassen Sie ihn Lehrer werden. Und was hat Großvater da gesagt? – Es war eine der Geschichten mit ihrer atemberaubenden inneren Dramatik, die ich immer wieder hören konnte. Na du weißt doch, was er gesagt hat, du kennst ihn doch. Dummzeug, hat er gesagt, der Junge lernt einen ordentlichen Beruf und nicht so was Überkandideltes. Da hat er mich denn zum alten Fröhlich in die Kaufmannslehre gegeben, war ja vielleicht auch ganz gut. Arschpauker? hat Großvater gesagt. Hungerleider? Daß ich nicht lach!

Hättest man nicht kneifen sollen, sagte meine Mutter, hättest es man durchsetzen sollen, und ich hätt mich nicht in diese Käsefabrik einsperren lassen sollen, was gingen mich denn eigentlich die Ardolfs an? Obwohl der alte Ardolf immer anständig zu mir war ... Ich hätt man Hebamme lernen sollen, wie ich immer gewollt hab, manches wäre heute anders. Und überhaupt ...

Sie hatten uns vergessen, beklommen hörte ich, wie sie sich andere Leben erfanden, ja aber dann trafen sie doch gar nicht zusammen? Ja aber wo blieben dann wir, deren Erscheinen doch zweifellos durch eine Kette gesetzmäßiger Zufälle von langer Hand vorbereitet worden war? Andererseits traf es mich auch wieder, daß mein Vater nun nicht die geringste Aussicht mehr hatte, einen Lehrer oder einen Arzt aus sich zu machen und dafür vielleicht von seiner Frau bewundert zu werden.

Und doch mußte sie ihn einmal bewundert haben, in meiner allerfrühesten Erinnerung jedenfalls bewundert sie ihn. Es herrscht eine warme Helligkeit, wir sitzen an einem runden Tisch, meine Augen sind fast in Höhe der Tischplatte, gegenüber sitzt mein Vater, von dem ich nichts sehe als dicke, rotgefrorene Finger in Handschuhen mit abgeschnittenen Fingerlingen, Finger, die in der Wärme zu glühen und zu zingern anfangen und von meiner Mutter gerieben und gestreichelt werden. Ich habe nie erfahren können, wieso an seinen Handschuhen die Fingerlinge fehlten, aber ich weiß inzwischen, daß die Scene in jenem Winter spielt, in dem meine Eltern für kurze Zeit zwei Geschäfte betrieben, eben den Laden im Fröhlichschen Haus in der Küstriner Straße, in dessen angeblich miesem Hinterzimmer diese warme Lampe hing, und den neuen Laden am Sonnenplatz, den Eckladen in den neuen Gewoba-Häusern, den keiner hatte übernehmen wollen, mitten in der Krise, aber mein Vater, »Kaufmann durch und durch«, ist lange mit Block und Bleistift in der Gegend herumgestrichen, er hat die Geschäfte angesehen, die es da schon gab – schlecht geführte Priemläden, das stand mal fest –, er hat ausgerechnet, wieviel Leute in den Gewoba-Häusern wohnten, er hat überlegt, mit welchen Methoden er dem Kaufmann Rambow unten an der Friedrichstraße noch Kundschaft abluchsen könnte, er hat Kredit aufgenommen und hat's gewagt. Er ist dann jeden Morgen mit dem Fahrrad die lange Friedrichstadt entlang zum Sonnenplatz gefahren, er hat auf eine schwarze Tafel gemalt, daß der erste Kunde eine Tafel Schokolade kriegt, und der fünfzigste wieder, und er hat am Nachmittag um vier bei eurer Mutter angerufen, daß er soeben die dritte Tafel Schokolade verschenkt hat und daß seine Tageslosung höher sei als die Küstrinerstraßenkasse am Sonnabend. Mann, Kinnings, sagte meine Mutter, das ist mir in die Knie gefahren, da hab ich mich erst mal hingesetzt, dann bin ich über die Straße gelaufen und hab Urgroßvater einen Moment alleine im Laden gelassen – es gibt ein Bild, auf dem Urgroßvater neben der Ladentür vom Fröhlichschen Haus steht, eine blaue Leinenschürze umgebunden, und am Lenkrad das Lieferrad hält, dessen Firmenbeschriftung man lesen kann: Lebensmittel-Feinkost, Bruno Uhlmann –, und dann hab ich zu eurer Großmutter gesagt: Mutter, wir sind durch! und dann hat sie einen guten Kaffee gebrüht, und du, Helene, hast in deiner Ecke mit Schnäuzchen gespielt, und ich hab dich hochgehoben und hab immer wieder zu dir gesagt: Wir sind durch, Lenchen, wir sind durch!

Man wußte eben was wagen, sagte mein Vater, ohne Risiko kein Erfolg.

3

Niemand wollte es ihr glauben, aber ich kannte meine Mutter gut, ich sah oft ihre Worte und Gebärden voraus, ich fühle sie heute noch in mir mit dem Zwang, sie zu wiederholen. Ich wußte, daß sie hierbleiben würde, wenn sie es gesagt hatte. Ich wußte, daß meine Großmutter ganz umsonst rief: Charlotte! Überleg dir, was du tust! Denk an die Kinder! Ich wußte, daß meine Mutter mir meinen Bruder, der ja erst zwölf war, ans Herz legen würde, wie sie es dann wirklich tat, daß sie versprechen würde, schnell nachzukommen, sobald es gefährlich würde, keine Angst, sie ginge nicht unter; daß sie versichern würde, sie werde uns finden, wohin auch immer wir oder sie verschlagen würden; daß wir uns aber auf jeden Fall, falls wir uns verfehlten, bei unserem Onkel Wilhelm in Kirchmöser bei Brandenburg treffen sollten, Seestraße 12.

So etwas konnte nur Charlotte einfallen, sagten alle, während mein Onkel Alfons wütend den Wagenschlag zuschlug und wütend anfuhr. Diese Frau war ihm nun einmal zuwider, und nicht erst seit heute. Alle redeten über meine Mutter und starrten uns an, aber wir weinten nicht, ich sagte laut, sie weiß, was sie tut, da verstummten sie. Ich sah meine Mutter in dem schmalen Spalt zwischen zwei Planen, die die Rückwand des Wagens bildeten, kleiner und kleiner werden, dann sah ich sie nicht mehr, sah aber noch das Haus, dann wurde der Sehwinkel zu spitz, der Sandberg schob sich vor unser Haus, ich hörte hinten im Wagen jemanden empört das Wort »Waisen« aussprechen, ich nahm die Hand meines Bruders und wunderte mich, daß man nicht verzweifelt wird, sondern stumpf. Ich dachte, daß meine Mutter sich mir nie deutlicher gezeigt hatte als in dem Augenblick, da sie uns verließ, ich war dem Geheimnis ganz nahe, das sie immer vor uns verborgen hatte, und die Lust auf das Geheimnis der Mutter stritt sich mit der Kränkung, daß sie mich im Stich gelassen hatte wegen … Weswegen eigentlich? Und was tat sie jetzt allein?

Sie ging in die verlassene Küche zurück und kochte Kaffee, sie schaffte ein wenig Ordnung in den Zimmern. Dann machte sie sich zur Strantz-Kaserne auf, die wir von unserem Haus aus sehen konnten, und drang zäh bis zum Standortkommandanten vor, dessen Frau zu unseren Kundinnen gehörte und wöchentlich einmal durch den Lehrling Erwin mit dem Lieferrad beliefert wurde. Das Entsetzen des Offiziers, daß sie die Stadt noch nicht verlassen hatte, das panische Fluchttreiben in der Kaserne, der hoffnungslose Ausdruck in den Gesichtern der eilig davonziehenden blutjungen oder überalterten Soldaten – das alles zusammen überzeugte sie mehr als die zitternde Drahtfunkstimme vom bevorstehenden Untergang der Stadt und von ihrem Recht, ihren Posten zu verlassen. Sie lief in den Betrieb, in dem ihr Bruder die Herstellung irgendwelcher Geschützteile überwachte. Man hatte dort keinen Evakuierungsbefehl. Es gelang ihr, ihren Bruder zu überzeugen, daß er ganz umsonst sein Leben riskierte und daß der Feind in unmittelbarer Nähe sei. Sie bereitete sich und ihm noch ein Mittagessen, sie machte lange gehortete Konserven auf, iß, Herbert, nach uns die Sintflut. Sie packte ihm eine Aktentasche und sich eine Einkaufstasche voll Lebensmittel und Zigaretten. Sie fragte ihn, ob sie überhaupt abschließen sollte, sie tat es schließlich, sah sich aber nicht mehr um. Durch die Schlucht kamen sie auf die Küstriner Straße und liefen den Weg, den wir zwölf Stunden vorher gefahren waren, inmitten erschöpfter Nachzügler. Linkerhand fuhr auf der Gleisstrecke der letzte Zug in Richtung Westen, hätten wir doch versucht, ihn zu kriegen! Der Zug wurde aufgehalten, die von Süden vorstoßenden Panzerspitzen schossen ihn in Brand, da saß meine Mutter mit meinem Onkel Herbert in einem Postauto, dessen Fahrer Zigaretten nahm und die letzten Postsäcke über die Oder brachte. Der Unterschied von zwölf Stunden hatte allerdings genau den Unterschied zwischen Flucht und Chaos ausgemacht, zwischen Feindnähe und Feindberührung, fragt nicht, was wir gesehen haben, sagte sie uns später. Am Westufer der Oder wurde die Sprengung der Oderbrücken vorbereitet, und hastig zusammengetrommelte kriegsmüde Urlauber formierten sich zu Sondereinheiten der deutschen Wehrmacht. Wer gesehen hat, was wir gesehen haben, der weiß, daß der Sieg im Eimer ist, sagte meine Mutter, und sie fragte alle Leute nach uns. Niemand hatte die Wagen mit der Firmenbezeichnung Hannemann gesehen.

Inzwischen waren Nachbarn in unser Haus eingedrungen und hatten weggeschafft, was sie brauchen konnten. Die Schüsse vom Ostrand der Stadt hatte meine Mutter noch gehört, es ist wahr, näher kommende Schüsse heben die Gesetze auf, an die man sich bisher gehalten hat, das Bild, auf das alle wie hypnotisiert gestarrt haben, hat eine Längsachse, es dreht sich, und seine gräßliche, wilde Kehrseite wird sichtbar.

Warum hat der Sonnenplatz meinen Eltern nicht genügt? Seit wann haben sie angefangen, ihn als Übergangslösung zu betrachten? Der Sonnenplatz? sagte meine Mutter später oft. Das war doch nur eine Übergangslösung. Auf einmal bedeckte sich der Tisch mit Grundrißblättern, kaum daß man das Geschirr abgeräumt hatte, saubere Zeichnungen. Der Architekt ist tüchtig, hieß es, er versteht sein Fach, aber man muß ihm natürlich auf die Finger sehen. Wir bauen nämlich, und zwar in einer Gegend, von der uns jeder abrät.

Aber die sollen sich irren. Wir wollen doch mal sehen, was da rauszuholen ist, wenn man es richtig anfängt. Heinersdorf-Großvater sagte: Übernimm dich nicht, Junge, aber Heinersdorf-Großvater legte ja selbst seit Jahren seine Groschen aus der Reichsbahn-Pension – er hatte es bis zum Lok-Heizer gebracht – und aus den Trinkgeldern beim Turnverein, wo er den Platz- und Gerätewart machte, auf die hohe Kante für ein Häuschen. Wir wußten jetzt sonntags, wohin wir gehen mußten: Zu unserem Bau, wir hatten ja jetzt immer ein Ziel, wir krochen in den unverputzten Eingeweiden unseres Hauses herum, ich lief meinen neuen Schulweg ab und musterte die Nachbarschaft, ob es da auch Kinder geben werde. Wir wußten auch, wofür wir sparten. Ihr wißt doch, wir müssen sparen, wir waren uns alle einig, weil ja in kurzer Zeit das wunderbarste neue Leben anfangen würde, in dem wunderbarsten neuen Haus. Woher das Geld kam, fragten wir als Kinder nicht, Worte wie »Kredit«, »Hypothek« waren uns fremd. Zum Richtfest durfte ich mitgehen, mein Bruder hatte die Masern schon, die ich gleich danach bekam, aber beim Richtfest war ich gesund und saß neben den Maurern auf Planken, die sie über Böcke gelegt hatten, und fischte mir die Bockwürste aus dem großen Kessel und stieß meine Brauseflasche gegen ihre Bierflaschen und ließ mit ihnen den Bauherrn hochleben, der sich nicht lumpen ließ, das war aber mein Vater, der wußte, wie man mit Leuten umgeht. Das sagte meine Mutter am Abend, und am nächsten Morgen steckte sie mich ins Bett und zog die Vorhänge zu, weil Masernkranke kein Licht haben sollen, und unser Hausarzt kam, der lange Doktor Schröder, dessen Tochter Gundel ich für mein Leben gern zur Freundin gehabt hätte, aber sie hielt sich an die dicke kleine Uschi aus ihrer Nachbarschaft. Na, sagte Doktor Schröder, nun hätten wir ja wenigstens auch diese lieblichen Pickelchen, Gott sei's gelobt, getrommelt und gepfiffen, das ist ein Abmachen, und die Herrschaften können sich gegenseitig ein bißchen Unterhaltung schaffen.

Da ich aber sehr groß war, nämlich fast sieben Jahre, und mein Bruder erst dreieinhalb, hatte ich die Unterhaltung ganz alleine zu tragen, und am Ende unserer Krankenwochen war unser Zimmer rundum bebaut mit einer winzigen Zwergenstadt, deren Bewohner wir alle selbst erschaffen und mit Namen versehen hatten und mit denen wir nach Gutdünken verfuhren. Wir waren das absolute Herrscherpaar über unsere Stadt, wir machten uns auf jede Unbotmäßigkeit aufmerksam, die vorfiel, und griffen streng durch. Herr Müller aus Nummer 25 war nicht zur Arbeit gekommen? Die Zwergenpolizei holte ihn ab. Ingeborg wollte keine Schularbeiten machen? Ingeborg wurde drei Tage lang in einen dunklen Raum eingesperrt. Das hatte sie davon. Vor allem ahndeten wir jeden Versuch, uns zu hintergehen und irgendeinen Verstoß gegen die Gesetze vor uns zu verheimlichen. Merkwürdigerweise war die Ausstoßung aus unserer Stadt für alle ihre Bewohner die härteste Strafe. Wir würden ja demnächst in ein eigenes Haus ziehen, da würde alles genau so vollkommen und schön sein wie in unserer Stadt, deren Existenz wir als das höchste und letzte Geheimnis unter uns bewahrten. Was geschehen würde, wenn einer von uns dieses Geheimnis brechen würde, konnte man sich nicht einmal ausdenken, wir machten unsere undurchdringlichsten Gesichter, wenn die Eltern rücksichtslos auf unsere Häuser traten, weil sie eben keine Ahnung hatten, und ich ließ meinen Bruder schwören, und zwar bei Hölle, Tod und Teufel, daß wir unsere Stadt nicht verraten würden bis in den Tod.

Als ich dann zum erstenmal in dem neuen Haus erwachte und mich schwer zurechtfand, weil die Wand auf der anderen Seite des Bettes war als sonst, und eine unbeschreiblich helle Sonne hereinschien, genau auf die Blümchentapete, die wir uns aus dem großen Buch mit den Tapetenmustern ausgesucht hatten, da dachte ich, daß nun wirklich das ganz neue Leben anfing und mir ein größeres Glück vielleicht niemals mehr begegnen würde.

Ich weiß ja nicht, was meine Mutter an jenem Morgen gedacht hat, als sie in ihrem Schlafzimmer aus braunem Birnbaumholz, in ihrem Ehebett neben meinem Vater aufwachte. Aber ich weiß, mit was für einem Gesicht sie hinunterging, um mit meinem Vater gemeinsam die Ladentür zu öffnen, obwohl es ja vielleicht nicht nötig war, daß sie mitging, denn am ersten Tag würde ja der Andrang nicht gleich so groß werden, daß ihn nicht einer bewältigen könnte. Aber sie wollte die erste Kundin sehen, sie wollte ihr selbst die Hand geben und sich vorstellen, und sie wollte selbst die Bonbontütchen für die Kinder abwiegen, die sie ihnen mit einer Empfehlung an die Eltern zusteckte. Mir wäre ja nie die Idee gekommen, daß man einen neuen Kaufmannsladen wie eine Eroberung betreiben kann, wie eine Expedition in unbekanntes, womöglich feindliches Gelände, aber genau das war wohl die Anschauung, die den Ehrgeiz meiner Mutter befriedigte. Übrigens wollte sie nur erobern, weil sie wirklich die besten waren, weil kein anderer Kaufmann seine Kundschaft so reell bediente, weil die Frauen bei ihr mit der einwandfreien Ware auch Kochrezepte und Winke zur Kinderpflege bekamen, weil sie auch den Kindern nichts andrehte, wenn man sie einkaufen schickte, und weil sie zur Frau des Majors nicht höflicher war als zur Frau des Straßenfegers – oder jedenfalls auf eine andere Art höflich. Das wäre ja gelacht. Man darf auch Laufkunden nicht fühlen lassen, daß sie Laufkunden sind, nur so kann man sie vielleicht als feste Kunden gewinnen. Andererseits muß man guten Kunden das Gefühl geben, zur Familie zu gehören. Alles was recht ist, Herr Uhlmann, Ihre Frau ist die Seele vom Geschäft! Mein Vater erkannte es an, er sagte: Wenn ich dich nicht hätte, Mädel! Er sagte es immer noch, als seine Frau schon lange wieder begonnen hatte, sich unter all der schweren Arbeit zu langweilen. Es stellte sich heraus, daß Zucker und Mehl überall auf die gleiche Weise abgewogen und über den Ladentisch gereicht, daß das Geschwätz in allen Läden dieser Stadt das gleiche blieb, daß man nach einiger Zeit die monatlichen Einnahmen ziemlich genau voraussagen konnte, daß man niemals in Schwierigkeiten kommen würde, die Hypothek abzuzahlen, die auf dem Haus lag, aber auch niemals würde aus dem vollen schöpfen können. Mein Vater, der zum Ausgleich neigte, ließ sich in den Vorstand der EDEKA wählen und ging zu den Sitzungen und Vergnügen der Einkaufsgenossenschaft Deutscher Kaufleute. Meine Mutter sagte, sie habe keine Lust, sich von irgendeinem fetten Mann, der nach Alkohol stank, bei mieser Musik im Saal herumschwenken zu lassen. Was du nur immer so schroff sein mußt! sagte mein Vater und ging allein. Mutter ließ mich in seinem Bett schlafen und wartete. Er kam, als es draußen hell wurde, er stand schwankend in der Schlafzimmertür und beschwerte sich mit ungenauen Worten, daß er ausquartiert sei, mich, deinen Mann, Charlotte, läßt du nicht ins Schlafzimmer! Du Vagabund, sagte meine Mutter. Du Vagabund!

Vagabund hat sie zu meinem Vater gesagt, dachte ich und fühlte, daß jeder von beiden Recht und Unrecht hatte, und ich wußte nicht, warum es ihnen nicht möglich war, das Recht des anderen zu sehen und zu achten. Ich wußte nicht, warum es meiner Mutter so leicht keiner mehr recht machen konnte, keins von unseren Mädchen, die meist geduldig und fleißig waren, aber nach der Meinung meiner Mutter dazu neigten, alles verloddern zu lassen, wenn man ihnen nicht auf die Finger sah, meine Großeltern nicht, die jetzt in der ersten Etage unseres Hauses wohnten und nach Kräften den Garten bebauten, was nicht so einfach war bei dem Sandboden in unserer Gegend, und die darauf zu achten hatten, daß zu allen Feiertagen die Hakenkreuzfahne am First hing (eine reicht, sagte meine Mutter), und die pünktlich am 1. mit dem Mietbuch erschienen und ihre 32 M Miete zahlten, und auch wir nicht, die ebenfalls zur Lässigkeit in Ordnungsdingen, zum Verlottern neigten, und dies war es, was meine Mutter nun ein für allemal nicht dulden konnte. Es bildete sich bei ihr die Überzeugung heraus, daß sie allein es war, die dieses neue Haus und die ganze Familie vor dem Verfall bewahrte, daß die ganze Last von allem, was immer das sein mochte, auf ihren Schultern lag und daß niemand bereit war, die Opfer, die sie dauernd zu bringen gezwungen war, wirklich anzuerkennen. Wir alle gerieten in ein dauerndes Gefühl von Schuld ihr gegenüber, es erschreckte sie, wenn sie es merkte, aber ändern konnte sie nichts daran. Es ist ja wahr: Sie hätten das Haus nicht bauen müssen, wenn nachher doch alles beim alten blieb, aber niemand hätte meiner Mutter das Eingeständnis einer Lebensenttäuschung abgezwungen, und so arbeitete sie wie eine Besessene an dem Bild, das sie sich von sich selbst und von uns gemacht hatte: Eine vorbildliche Geschäftsfrau, die, nach der Einberufung des Mannes zur Wehrmacht, dann tatsächlich alleine den Laden führte, deren Kinder vorbildlich lernten und überaus begabt waren, deren häusliche Verhältnisse in jeder Hinsicht in Ordnung und deren Haus tipptopp war. Beklommen sah ich, wie sie Hilfe brauchte und nach Hilfe verlangte, aber nicht fähig war, wirklich Hilfe anzunehmen, weil jedermann seine eigene, nicht ihre Art hatte, ihr zu helfen. Ich sah, daß man das hassen kann oder vielleicht hassen muß, wovon man lebt, ich sah, daß Arbeit Last ist, ich liebte meine Mutter und wurde von ihr geliebt und blieb immer in ihrer Schuld. Ich nahm mir heimlich den Schlüssel zum Lagerraum, der neben meinem Zimmer im oberen Stock lag, ich holte mir jeden Abend eine Stange Borkenschokolade aus einem Karton, der bedenklich leerer wurde, ich legte mich ins Bett, lutschte Schokolade und las und war trotz aller Schuldgefühle und trotz der Angst vor Entdeckung glücklich in einer Abgeschlossenheit, die vielleicht nur Stunden dauerte. Ich gewöhnte mir an, mich von den Spannungen zu entfernen, die ich weder vollkommen verstehen noch etwa vermindern konnte. Ich schrieb, plötzlich gepackt von der Angst vor der Vergänglichkeit, von der schrecklichen Leere, an der meine Mutter seit Jahren litt, ein geheimes Tagebuch, das meine Mutter am Tage unserer Flucht mir abforderte – also kannte sie es – und vor meinen Augen verbrannte.

Ich fühlte, daß sie auf ihre Weise recht hatte mit ihrem Entschluß, »das alles« nicht im Stich zu lassen, ohne sie wirklich zu verstehen, weil der Schock, daß sie uns ohne wirkliche Notwendigkeit in einer gefährlichen Situation allein ließ, zu unerwartet kam und alle Sicherheit, die bis jetzt an sie geknüpft gewesen war, von Grund auf in Frage stellte. Später, als mit dem Abstand zu den Ereignissen auch ihre gerechte Bewertung möglich wurde, verstand ich, daß sie diese Gelegenheit, sich etwas zu beweisen, nicht vorübergehen lassen konnte. Sie blieb und bewies sich, daß ihr Leben kein Fehlschlag gewesen, daß dieses Haus und das Leben, das sie in ihm geführt hatte, es wert war, behütet zu werden, unter Opfern, unter dem schwersten Opfer, das denkbar war: indem sie ihre Kinder aufs Spiel setzte. Sie bewies, daß es sich nicht um Steinhaufen handelte, die sie verlassen mußte, um nichts unerträglich Banales, wie sie selbst oft und oft gedacht hatte, sondern um den Sinn ihres Lebens, um ihre Idee von Pflicht und Arbeit und Zusammenleben, die man nicht auf ein einziges Signal hin aufgibt. Sie bewies Pflichtgefühl, mehr als nötig war, Treue, mehr als verlangt wurde, sie bewies Unabhängigkeit von dem Urteil der Familie, das sich in dem abfahrenden Wagen in der gleichen Sekunde gebildet hatte, da sie sagte: Ich kann nicht mit. Ich muß hierbleiben.

4.

Wir allesamt ahnten nicht, daß wir uns auf einer beschwer-
lichen, aber nützlichen Reise befanden. Widerwillig, höchst
widerwillig stellten wir uns der Möglichkeit zu wichtigen
Erfahrungen. Daß man sie nicht missen möchte, ist hinterher leicht gesagt, aber während man über das Holperpfla-
ster der Straße fährt, die man von allen Straßen der Welt
am besten kennt, und während man schon merkt, wie der
Sack drückt, auf dem man sitzt, weil irgendwelche harten
Gegenstände ungeschickt in die Betten mit verpackt worden sind, wird man natürlich nicht auf die Idee kommen,
sich glücklich zu schätzen, daß man mindestens vierzehn
Tag lang so unterwegs sein wird, bei dieser Kälte, das war
ja auch unmöglich. Man würde gerade so über die Oder gehen, die Oder war ja eine Barriere, die überhaupt kein Feind
je überschreiten konnte, und würde da abwarten, bis die
normale Weltordnung durch unsere Wehrmacht wieder in
Kraft gesetzt wurde.

Der Tag war grau. Ich sah fast nichts durch meinen Spalt
zwischen den Zeltplanen und dem folgenden Anhänger, ich
hörte Bewegung auf den Straßen, Fuhrwerke, Autos, Ru-
fen, aber ich sah das alles nicht. Ich sah einen winzigen Aus-
schnitt der Straße vorbeifahren, die Häuser etwa in Höhe
der ersten Stockwerke, manchmal die Spitzen eines Zauns,
wenn er hoch genug war, Baumstämme dicht unterhalb der
Kronen, Gesträuch. Aber mir ist, als hätte ich alles genau
gesehen, und ich seh es noch heute.

Ich sehe die Gelbe Gefahr vorbeifahren, eine Ansamm-
lung zweistöckiger, schmutziggelber Arbeiterhäuser, innen
ausgetretene Holztreppen, kleine Vorgärten mit niedrigen
grünen Staketenzäunen und dem großen niedergetretenen

Grasplatz, auf dem an den Sommerabenden die halbwüchsigen Jungen mit ihren Rädern in Gruppen zusammenstanden, manchmal lärmend, manchmal aber auch ganz still, so daß mich eine schreckliche Sehnsucht befiel, wenn ich von weitem vorbeiging. Sonst wußte ich wenig über die Gelbe Gefahr, die Kinder der Arbeiter gingen in die Volksschule, zum Dienst bei den Jungmädeln kamen sie unregelmäßig, es hatte keinen Sinn, hieß es, darauf zu bestehen. In den zwanziger Jahren, hieß es, habe sich die Polizei nicht in die Gelbe Gefahr getraut, die Roten hätten hier immer ihre Flüchtlinge verstecken können, ich brachte den Namen der Gelben Gefahr mit dieser wilden Zeit in Verbindung, der Systemzeit, in der Knüppelhorden der Kommune den Führer und seine Gefolgschaft daran zu hindern suchten, den für Deutschland einzig richtigen Weg einzuschlagen. Die Männer allerdings, die abends um fünf hinter den Türen der Gelben Gefahr verschwanden, hatten in meiner Vorstellung mit den früheren Knüpplern nichts zu tun, und wenn man mich gefragt hätte, wohin die denn verschwunden sein sollten, so wäre ich sicher sehr erstaunt und um eine Antwort verlegen gewesen. Aber man fragte mich natürlich nicht.

Ich wußte mehr als ich es sehen konnte, daß nach der Gelben Gefahr linkerhand jener große, mit niedergetrampeltem Knöterich bewachsene Platz lag, den wir jeden Morgen überquerten, um unseren Schulweg abzukürzen – jedenfalls, solange ich noch in die Mädchenschule gehen konnte –, der aber zweimal im Jahr, zu Pfingsten und im Oktober, mit Karussells und Buden vollgebaut und über Nacht, vollkommen verändert, zum Rummel wurde, auf dem man sich, ganz anders als auf dem großen kahlen Platz, wahrhaftig verirren konnte. Gleich fuhr mir eine Melodie in die Ohren, gleich saß ich auf der Berg-und Tal-Bahn in einer Gondel mit meiner Freundin Hella, die ihren Geburtstag mit uns auf dem

Rummel feiern durfte, was keine von uns ihrer Mutter sonst abgebettelt hätte, sie aber ja. Wir fuhren endlos, es wurde mir schlecht, aber ich hatte Angst, auszusteigen, alles dreht sich, schrieen wir und juchzten, Hella hatte eine kleine Flasche Likör mitgebracht, an der wir während der Fahrt alle nippten. Aus dem Grammophon des Karussells dröhnte es »Auf dem Dach der Welt, da steht ein Storchennest«, immer die gleiche Melodie, und wir sangen sie beim dritten Mal mit: Da ist ein süßes kleines Baby für uns drin! Ein paar junge Soldaten, Urlauber, in der Gondel hinter uns erboten sich, uns zu Diensten zu sein, sie grölten: Wenn es dir gefällt und du mich heiratest, dann kriegst auch du ein liebes kleines Babychen. Ich sah mich in der Gondel sitzen, hörte mich kichern, wie ich sonst nicht kicherte, weil ich dieses ordinäre Getue ablehnte, es interessierte mich, ob ich den Soldaten entgegenkommen, wie lange ich eigentlich noch aushalten wollte auf dieser Rundfahrt, auf der mir immer schlechter wurde, es interessierte mich, was ich sagen werde, wenn der eine, der Schwarze, mich anreden würde, und dann hielt das Karussell, unser Geld war alle, mir war todschlecht, und ich hatte kein Verlangen nach den Bockwürsten von Hellas Mutter und nach dem Schwarzen, der übrigens mit einem lockigen Mädchen in roter Jacke abzog. Ein böser, haltloser Neid fiel mich an, der diesen ganzen Nachmittag mit Karussell und dem öden Schlager und dem schwarzen Soldaten zusammenbündelte, daß ich ihn im Gedächtnis behielt, denn ohne diesen Neid, der sich auf nichts Bestimmtes richtete, ganz gewiß nicht auf den sehr gewöhnlichen Soldaten mit dem sehr gewöhnlichen Mädchen, hätte ich das alles sofort vergessen.

Überhaupt sind es ja nur die Gefühle, die unsere Erlebnisse in der Erinnerung befestigen, und erst, wenn einen die schlimmste aller Krankheiten befallen hat, die Gefühlskälte, dann gleiten die kleinen und großen Ereignisse des Lebens wie durch nichts durch einen durch, und die einzige Qual, die übriggeblieben ist, ist die Qual darüber, daß man sich über nichts, auch darüber nicht, mehr quälen kann. Aber an jenem Morgen war ich nicht kalt, sondern gefühlstaub, so wie man gehörtaub wird nach dem Einschlag einer Granate in unmittelbarer Nähe, alles, was ich sah und hörte, sank auf den Grund, und viel später konnte ich es wieder hochholen, zum Leben erwecken und die dazu passenden Gefühle aufbringen. Oft habe ich also den Adlergarten wieder heraufgeholt, das Lokal, das dem Rummelplatz gegenüber auf der anderen Seite der Straße lag, eine Kneipe für die Arbeiter von der Gelben Gefahr, allerdings mit Saalanbau, in dem unsere Volksschule in den ersten Jahren ihre großen Schulfeste feierte, wo ich einmal – als Neunjährige, glaube ich – ein Nachtwächterlied singen mußte, in einer Verkleidung, auf die ich stolz war und die mich unglaublich lächerlich machen mußte, mit einer silberpapierbeklebten Hellebarde, die mein Großvater sorgfältig auf seinem Küchentisch mit Hilfe einer ganzen Garnitur schärfster Schustermesser hergestellt hatte.

Hört ihr Herrn und laßt euch sagen,
unsre Glock hat zehn geschlagen,
Zehn Gebote setzt Gott ein,
daß wir solln gehorsam sein.

Ich hielt die Laterne in meiner linken Hand ungeschickt, das Licht kippte um und löschte aus, und hinter mir sang der Chor von Mit-Nachtwächtern:

Menschen Wachen kann nichts nützen,
Gott muß wachen, Gott muß schützen.
Danket Gott, der diese Nacht
Uns so väterlich bewacht.

Das Lied hatte zehn Strophen, und der Wechsel von der

Kälte hinter der Bühne und dem warmen Saal ließ meine Nase laufen, so daß ich sie an Großvaters Joppenärmel abwischen mußte, aber die Leute glaubten, das gehöre zu meinen Nachtwächtermanieren, bedankten sich mit großem Beifall und nährten noch meine unglückliche Liebe zu Bühnenauftritten und Rezitationen, deren Texte ich schon bald selbst verfaßte und mit meiner Klasse einstudierte. Besonderen Eifer wendeten wir an ein Frühlingsspiel, in dem ich als Schneeglöckchen auftrat, in einem kurzen weißen Voilekleid, unter dem unentwegt von meiner Großmutter gestrickte langbeinige braune Wollhosen hervorsahen, auf denen meine Mutter bestanden hatte, damit ich mir nicht mein Innenleben verkühle. Das war so eine Redensart in unserer Familie, in der früh das Gespenst unheilbarer Unterleibserkrankungen auftauchte, die bis zu absoluter Kinderlosigkeit führen könnten, wie man an Tante Magda und Tante Wilma – meines Vaters beiden Schwestern – sehen könne. Nun hatte deren Kinderlosigkeit allerdings andere Gründe, die ich aber erst spät erfuhr, obwohl Tante Magda – die ich Leni nannte, weil sie Magdalene hieß und sehr viel Wert auf Koseformen ihres Namens legte –, obwohl also sie mir anstandslos schon früh alles erzählt hätte, denn sie war überaus vertrauensselig, aber sie hatte wie alle in der Familie einen heillosen Respekt vor meiner Mutter, den sie als vollkommen verdient entgegennahm, weil ihr keine von all diesen Frauen, die teils nicht zu arbeiten verstanden, teils nicht einmal fertigbrachten, ihre Männer bei der Stange zu halten, überhaupt das Wasser reichen konnte.

Es ist wahr, daß auch keine von ihnen so bis auf den Grund und ohne Rücksicht auf ihre Umgebung verzweifelt sein konnte wie meine Mutter, es ist wahr, daß sie uns mit dem Übermaß ihrer Verzweiflung einschüchterte und daß sie uns in solchen Augenblicken zurückließ, ohne sich nach uns umzusehen. Wie an jenem Vormittag – immer noch im Adlergarten, aber in einem anderen Jahr, August neununddreißig, und diesmal nicht im Saalbau, sondern auf dem Hof, wo die weißen Gartentische mit dem grünen, gekreuzten Eisengestänge als Unterbau in einer Ecke zusammengerückt waren, damit Platz wurde für die Männer, die sich Punkt zehn Uhr hier zu stellen hatten, die ihre verschnürten Persilkartons am Zaun entlang abstellten und dann in Gruppen beisammenstanden oder auf den Gartenstühlen hockten und sich gegenseitig Zigaretten anboten. Es war ein heißer Tag, Bier wurde nicht ausgeschenkt, auch eine Kapelle spielte nicht, wie sonst an den Sonntagnachmittagen, und ich steckte manchmal den kleinen Finger ins Ohr und schüttelte ihn darin, um das Wasser herauszuschütteln, das alle Geräusche so abdämpfte. Aber es war gar kein Wasser im Ohr, die Stimmen waren von allein so abgedämpft, die Frauen, die ihre Männer begleitet hatten – wie meine Mutter meinen Vater –, sprachen leise mit ihnen, die Männer untereinander sprachen leise und wie verlegen – eine Verlegenheit, die ich mir nicht erklären konnte, die mich aber sehr bedrückte, weil ich immer schon die Verlegenheit von Erwachsenen schwer ertrug, und wenn eines der Kinder laut wurde, riefen alle es zur Ordnung, und die Männer fragten sich untereinander, wann es denn nun endlich losgehe, auch ich wünschte, es möge losgehen, obwohl ich nicht genau wußte, was, denn ich hatte noch niemals Männer einrücken sehen. Was ihr euch nur sorgt, sagten die Männer zu ihren Frauen, ist vielleicht Krieg? Na also. Solange kein Krieg ist, wird auch keiner totgeschossen, das wäre ja noch schöner, und wenn alles gut funktioniert hat, dann bin ich übernächsten Sonntag zu Hause, denn das Ganze ist ja natürlich eine Übung, man muß ja schließlich auf den Ernstfall vorbereitet sein, es ist wirklich dumm, was ihr dazu für Gesichter zieht. Erst die

Kommandos schnitten laut in das Gemurmel und brachten es zum Stillstand, erst die Kommandos fegten die Männer an ihren Platz in Reih und Glied und die Kartons vom Zaun weg, auf einmal war der Hof so leer, auf einmal hätten noch so viele Leute darauf Platz gehabt. Auf einmal zitterte ich und wünschte, es möge noch nicht losgehen, aber da kam schon das Kommando, da rückten sie schon ab, alle auf einmal, in schlechtem Tritt, da waren die Soldaten, die von der Strantz-Kaserne aus an unserem Haus vorbei zu ihren Übungsplätzen marschierten, allerdings zackiger. Die Männer waren noch verlegner als vorhin, sie winkten mit halb erhobenem Arm aus dem Glied, jeder wünschte, seine Frau möge nicht weinen, aber alle fingen sie auf einmal laut zu schluchzen an, auch meine Mutter, und alle liefen sie neben dem Zug her, auch wir. Ein Lied! rief das Kommando, und, auf dem Höhepunkt ihrer Verlegenheit, begannen unsere Väter leise zu brummen: Muß i denn, muß i denn zum Städtele hinaus … Geht zurück, Charlotte, sagte mein Vater, der außen marschierte, in der Nähe des Bürgersteigs, zu meiner Mutter, und, was sie sonst nie tat, sie gehorchte ihm ohne Widerrede. Wir gingen also zurück, und meine Mutter weinte laut den ganzen Weg vom Adlergarten bis zu unserem Haus, die Straße hinauf, die wir eben im Hannemannschen Lastwagen in zwei Minuten hinuntergefahren waren, sie hielt ihr Taschentuch vor die Augen, sie hatte ihren weißen Ladenmantel an und weinte, und mein Großvater, Heinersdorf-Großvater, legte seine Hand auf meine Schulter, so daß ich ihren schweren Druck heute noch fühlen kann, und sagte: Euern Vater seht ihr nicht mehr wieder, mein Tochter!, und ich, wie immer, schwieg zu allem, konnte nicht weinen, konnte nicht reden und war erdrückt von einer dumpfen Trauer und von dem Gefühl, daß etwas Verbotenes geschah. Nur hätte ich nicht sagen können, wer es verboten hatte und warum der Führer, der doch alles zu unser aller Bestem lenkte, trotzdem darauf bestand.

Ein Stück unterhalb des Adlergartens stößt gegenüber dem Schlachthof eine Gasse im spitzen Winkel auf die Soldiner Straße, eben die Schlachthofgasse, die abschüssig war und in die wir nun in großem, vorsichtigem Bogen auf der vereisten Fahrbahn mehr hineinglitten als -fuhren. Einen Husch erfaßte ich nur im Vorbeifahren von dem schmalen Durchgang zwischen den Häusern, der, mit Katzenköpfen gepflastert, direkt hinunterführte auf die Küstriner Straße und auf den Eingang vom Germania-Kino, das die zweitrangigen und alten Filme brachte und in dem die Platzanweiserin nicht so streng auf unser Alter achtete wie in den Kyffhäuser-Lichtspielen, so daß wir, immer und immer noch nicht sechzehn, hier unsere wenn auch verspätete Kenntnis der Filme zu erlangen suchten, die man unbedingt gesehen haben mußte. »Der große König«, zum Beispiel, mit Otto Gebühr, ich war wirklich fast die Letzte aus der Klasse, die ihn noch nicht kannte, abgesehen von solchen Nieten wie Editha, die mindestens so streberhaft wie häßlich war und in der Musikstunde beim Zensurensingen »Santa Lucia« schmetterte, ein Name, der an ihr hängen blieb. Meine Mutter allerdings erklärte, von ihr aus könnten sich alle großen Könige und alle Santa Lucias der Welt sauer braten lassen, und sie gab mir nicht die Erlaubnis fürs Kino, so daß ich einen trüben Nachmittag lang vom Fenster meiner Großmutter aus, die mich bemitleidete, durch einen Tränenschleier über die Stadt sah und eine finstere Trauer in mir züchtete.

Dann kam schon, gleichzeitig mit der Einmündung der Schlachthofgasse in die Küstriner Straße, linkerhand das Fröhlichsche Haus mit diesem alten Laden, den wir so lange hinter uns gelassen hatten, und rechterhand die alte Wohnung von Schnäuzchen-Großeltern, in deren Hof die Ardolfsche Käsefabrik immer noch betrieben wurde, vorwiegend, um die fettarmen Harzer Käse zu produzieren, genau wie nach dem Ersten Weltkrieg – eine Wohnung, in die die Großeltern durch des alten Ardolf Vermittlung aus ihrer Eisenbahnerwohnung gezogen waren, und aus der sie später in die Adolf-Hitlerstraße gingen, welche von den alten Leuten immer noch Heinersdorfer Straße genannt wurde, wo in ihrem sonst schmalen und kümmerlichen Vorgarten ein wunderbarer Tulpenbaum stand, und von wo wir sie dann in unser neues Haus ziehen ließen, in die obere Etage, wo zwei Zimmer und Küche nach ihren Wünschen eingebaut worden waren, allerdings nicht mit Zentralheizung, wie in der unteren Wohnung, sondern mit Öfen, weil meine Großmutter auf ihrer Ofenbank sitzen und sich den Rükken wärmen wollte, wenn sie den »Landsberger General-Anzeiger« las.

Jetzt folgten wir schnurstracks der Straßenbahn durch die ganze Friedrichstadt, am Fischerkietz vorbei, wo der südliche Ausgang der »Schlucht« mündete, in einer mir fremden Welt, während ihr Eingang doch, fünfhundert Meter weiter, meine engste Heimat war. Hätte ich nur meinen Kopf durch den Zeltbahnspalt gesteckt – aber das tat ich nicht –, dann hätte ich noch einmal die vier Eisenbahnerhäuser gesehen, die schmucklos wie doppelstöckige Barakken wirkten und in deren zweitem meine Mutter mit ihrem Bruder Herbert und ihrer Schwester Alice aufgewachsen war, bei einer blakenden Petroleumlampe, die immer in den Erinnerungen meiner Mutter eine so große Rolle spielte, aber erst später sollte ich erfahren, warum.

Dies war mein erster Schulweg, vom Sonnenplatz in die Pestalozzischule, den ich manchmal lief, manchmal mit der Straßenbahn fuhr, und dann saß ich neben der Christa Huth

aus meiner Klasse, einem schwächlichen, blassen und fahl-
blonden Mädchen, von dem meine Mutter die Vermutung
äußerte, sie habe die Schwindsucht, und ich solle mich ihr
nicht zu sehr nähern. Das sagte ich ihr eines Tages, als sie
mir lästig wurde mit ihren Freundschaftsbeteuerungen, und
dann erschien ihre Mutter in unserer Wohnungstür, um sich
zu beschweren, und ich leugnete, von Schwindsucht überhaupt gesprochen zu haben, aber meine Mutter zog ich in
die Schrankecke des Kinderzimmers und flüsterte ihr zu,
doch, ich habe es doch getan, du hast es doch selbst gesagt!
Aber dir hab ich's gesagt, flüsterte die Mutter zurück, Dumm-
chen, doch nicht, damit du's ihr wiedersagst! Und sie ging
an die Flurtür und sagte zu Frau Huth, das Ganze sei ein
Mißverständnis, kein Mensch hielte ihre Tochter für schwind-
süchtig, und sie solle ihr eine Tafel Schokolade mitnehmen
und sie nur ja beruhigen. Ein paar Tage lang lief ich den langen Weg zur Schule oder ließ eine Bahn aus, und dann zogen wir bald um und Christa Huth verschwand aus unserer
Klasse, sie sei krank, es sei etwas mit der Lunge, siehst du,
sagte meine Mutter, solche Mütter versteh ich nicht, die
das ihrem Kind nicht anmerken. Das ist doch wohl das min-
deste, was man verlangen kann, ich will nur hoffen, du hast
dich nicht angesteckt. Als ich mich Jahre später, aber nicht
mehr so weit entfernt von jenem Januartag 45, von dem hier
immer noch die Rede ist, tatsächlich ansteckte, bei einer
Klassenkameradin, wie meine Mutter es immer gefürchtet
hatte, da hat sie mich nicht vorher warnen können, denn sie
kannte das Mädchen gar nicht, und auch sie hätte ihm die
Krankheit nicht angesehen. Aber immer, all die Jahre über,
hat sie jedesmal, wenn wir aus dem Haus gingen, mit einem
Unglück gerechnet, und jedesmal, wenn wir uns verspäteten,
hat sie vor der Ladentür Posten gefaßt oder in der Weltgeschichte herumtelefoniert, und zufrieden war sie erst, wenn

sie uns alle »unter Dach und Fach« wußte – was sie nun nicht daran gehindert hatte, uns mutterseelenallein loszuschicken auf die gefährlichste Expedition, die man sich für uns hätte ausdenken können und mit der verglichen eine einfache Radtour oder ein Geländespiel oder eine Fahrt zum Baden der Erwähnung überhaupt nicht mehr wert waren.

All das sagten abwechselnd meine Tanten und meine Großmutter in unserem Lastauto, und ich dachte, so vergaßen sie vielleicht, daß sie zum letzten Mal durch ihre Stadt fuhren, sie vergaßen so leicht, was sie eben noch betrübt hatte, nur Kränkungen vergaßen sie niemals, die zerrten sie wie an einem unzerreißbaren Faden durch ihr ganzes Leben. Mir aber wurde noch einmal wie ein Schlag klar, daß dies eben die letzte Fahrt war, unwiderruflich, als ein nichtssagendes graues, schmutziges Haus sich an meinem Sehschlitz vorbeischob. Ich kannte das Haus, es war die Vorderfront jenes Gebäudes, in dessen Hintereingang Schneewittchen hauste – eine alte Frau mit wirren schwarzen Haaren und wirrem Kopf, bis zum Skelett abgemagert, mit Knochenarmen, die zuerst aus ihrer Küchenluke fuhren, wenn wir, die Mappen auf dem Rücken und von älteren Schülern angefeuert, hintenherum zu dem Fenster geschlichen waren und »Schneewittchen! Schneewittchen!« gerufen hatten. Nach ihren Armen kam ein Schwall von Schimpfwörtern, die wir mit lautem Gelächter beantworten mußten, so war die Regel. Und dann kam – erhofft und klopfenden Herzens gefürchtet – sie selbst, manchmal ihre Enkelkinder an der Hand, den dummen, hinkenden Hannes, und Edith, die vielleicht gescheit war, aber auch den Finger in den Mund steckte, weil jedermann es von ihr erwartete. Schneewittchen keifte und geiferte, wir aber stoben in wollüstigem Grauen auseinander, wir bauten uns in sicherer Entfernung wieder auf und riefen: Schneewittchen! Schneewittchen! Wo sind die sieben Zwerge?

Wo aber war Schneewittchen jetzt? Wo der dumme Hannes und wo Edith, der ihre Großmutter immer eine »Rolle« auf dem Kopf gedreht und mit Klemmen festgesteckt hatte – Edith, die viel zu große Kleider trug und von ihren Jacken die Ärmel zweimal umkrempeln mußte?

Niemand sah, daß ich weinte, ich näherte mein Gesicht dem Spalt, durch den es eisig hereinzog, so daß meine Tränen gleich wieder trockneten und keine Bewegung mich den Leuten im Wagen hinter mir verriet, meiner Familie, die wahrscheinlich auf meinen Rücken starrte und sich mitleidige Blicke zuwerfen würde, wenn da ein Muskel zuckte. Ich zuckte nicht.

5.

Wenn es wahr ist, daß derjenige, der sich inmitten schwieriger oder unerwarteter, schmerzender Ereignisse darauf vorbereitet, sie später weiterzuerzählen, seinen Mit-Lebenden und vielleicht Mit-Leidenden gegenüber im Vorteil ist, so begann mein Vorteil auf jener Fahrt. Ich wußte damals schon, daß mein Gefühl, dies alles müsse man sich genau merken, weil sich irgendwann einmal jemand dafür interessieren könnte, ziemlich töricht war; denn alle, die als Interessenten für solche Schicksale in Frage kamen, waren selbst in sie hineingerissen und hatten kein Bedürfnis nach Berichten über Ungeheuerlichkeiten, die sie doch gerade selber erlebten. Trotzdem mußte ich mir alles einprägen und mich dadurch in immer größeren Abstand bringen zu meinen Mitreisenden, die nur den Wunsch hatten, die Gegenwart zu vergessen und sich an die verklärte Vergangenheit zu klammern. Mich hatte – gerade in dem Augenblick, als mir der Verdacht, dieser Krieg und die wirklichen Unglükke, die im Leben anderer Menschen und in Büchern vorkamen, seien nicht für mich bestimmt, sich zu einer beinahe enttäuschten Gewißheit zu verdichten begann – jemand eines anderen belehren wollen, das stand mir fest. Jetzt beobachtete dieser Jemand mich, ob ich Wirkung zeigte, ich aber hatte meinen schönen, unverbrauchten Hochmut, den ich gegen ihn zusammennehmen konnte, ich fühlte mich einem Zweikampf gewachsen, aber ich sah schwarz für alle die anderen in unserem Wagen, die zwar jetzt noch wie betäubt schwiegen, deren Gejammer aber bald auftauen und dann nicht mehr zu stillen sein würde.

Auch, daß meine Tante Magda die erste sein würde, hätte ich voraussagen können. Sie konnte niemals länger als fünf

Minuten für sich behalten, was sie für ihre Gefühle hielt, nach meiner Überzeugung hatte eben das ihre Ehe mit dem Schweriner Tankstellen- und Reparaturwerkstattbesitzer zerstört, und nicht die schnöde Einmischung seiner rothaarigen Sekretärin, die uns allerdings raffiniert und verworfen genug dargestellt wurde – wenn auch in Abwesenheit unserer Eltern, die solche Erörterungen meiner unglücklichen Tante Magda strikt untersagt hätten. Sie war es also, die es nicht mehr aushielt, die ihre Hand auf meinen Arm legte – sie mußte immer alle Menschen anfassen, mit denen sie redete – und mit verhaltener Stimme sagte, jetzt passierten wir die Stelle, wo wir einst so glücklich gewesen seien mit unseren lieben Eltern. Sie sprach von unseren Eltern wie von Toten, und mit »der Stelle« meinte sie den Sonnenplatz. Mir mißfiel auch der Mißbrauch, den sie mit dem Wort »Glück« trieben, aber auf diesem Mißbrauch war ja ihr Leben gegründet.

Hier, an der Endhaltestelle der Straßenbahnlinie fünf, hatte meine Mutter in schrecklicher Ungeduld mit mir gewartet, daß die Bahn endlich käme, daß sie endlich abfuhr und wir zu dem Arzt kamen, der uns erwartete, um mir die Perle aus der Nase zu holen, die ich mir hineingesteckt hatte, genau einen Tag nach der inständigen Warnung meiner Mutter. Ich hatte sie selten so fassungslos gesehen und so enttäuscht, sie konnte nicht aufhören, mich zu fragen, ob sie es mir denn nicht gesagt habe, gerade gestern, daß es gefährlich sei, sich eine Perle in die Nase zu stecken, ob ich ihr denn nicht glaube, ob ich ihr denn nicht gehorchen könne, ob ich denn nun wenigstens sehe, was aus dieser Unvernunft werde. Die Perle wurde mit einem Blutstrom aus der Nase geschwemmt, das Blut floß auf die weiße Gummischürze des Arztes, so eine Schweinerei, sagte meine Mutter, und nur, weil du nicht hören kannst. Es fehlte nicht viel, dann hätte sie sich bei dem

Doktor meinetwegen entschuldigt. Ich werde dir alle Perlen wegnehmen müssen, sagte sie auf dem Heimweg. Mach doch, sagte ich, dann besorg ich mir neue. Ich war fünf Jahre alt, und meine Mutter schwieg, vor Überraschung, nehme ich an, und die Perlen hat sie mir auch gelassen.

Ich weiß wirklich nicht, warum ich diese unwichtige Geschichte mit der Perle so genau im Gedächtnis behielt und mich an jene andere, viel wichtigere, die sich auch genau hier, an der Straßenbahnendhaltestelle, zutrug, viel schlechter erinnern kann. Damals hätten wir ja fast den Führer zu Gesicht bekommen, es war die einzige Gelegenheit, die uns je geboten wurde, und es verstand sich von selbst, daß wir, meine Mutter und ich, die dreihundert Meter zur Straße hinunterliefen, wo schon andere Leute standen, meist Frauen, seit Stunden, wie sie sagten, seit dem Morgengrauen, seit die Nachricht von der Absicht des Führers, unsere gewiß nicht bedeutende Stadt zu besuchen, sich wie ein Lauffeuer – so sagten sie: Lauffeuer, und ich sah das Feuer laufen – herumgesprochen hatte. Ich stand zum erstenmal unter freudig erregten Leuten, ich bedauerte, daß ich kein Blumensträußchen in der Hand hatte wie manche anderen Kinder, ich staunte über den Mut von zwei Mädchen, die weiße Kleider trugen und Kränze im Haar hatten und ein weißes Seidenband über die Straße spannten, um das Führerauto zum Halten zu bringen und gleich hier, an der Stadtgrenze, dem Führer zu sagen, wie glücklich er uns alle mit seinem Besuch machte. Mir ist so, als ob damals viele Frauen Locken trugen und als ob ich, klein wie ich war, diese Lockenköpfe gegen einen bemerkenswert blauen Himmel sah, und als ob ein an- und abschwellendes Gemurmel mich umgeben habe, das mir süß und schaurig vorkam, das mich erhob und mich beklommen machte. Meine Mutter, die auch hier nicht untätig sein konnte, entfaltete Überredungskunst und Betriebsamkeit, um uns Kinder in die erste Reihe vorzuschieben. Da standen wir und warteten auf das glänzende Auto, nach dessen Durchfahrt eine Weihe auf uns allen, Würdige und Unwürdige, liegen werde, und eine Lockenfrau hinter mir sagte ihrer Nachbarin, wie neidisch ihre Schwester in Pommern sein werde, wenn sie ihr schreiben könne, sie habe den Führer gesehen, den man im Pommerschen natürlich niemals zu erwarten habe. Wer weiß, sagte die Nachbarin, bei dem weiß man nicht. – Da haben Sie wahrhaftig recht, sagte die Lockenfrau, aber Sie stellen sich ja gar nicht vor, auf was für einem Kuhnest meine Schwester wohnt!

Ein Lautsprecherwagen kam und sagte uns, welche Ortschaften und Dörfer der Führer auf seiner Triumphfahrt in die Neumark schon alle passiert und wie man ihn dort »unbeschreiblich«, das Wort fiel mir auf, empfangen habe. Ich machte mir klar, daß »unbeschreiblich« bedeutet, es gibt keine Worte, um den Empfang zu beschreiben, und ich fürchtete mit dem Lautsprecher, daß wir, die wir ihm den allerersten Eindruck von unserer Stadt zu vermitteln hatten, vielleicht versagen, daß unsere Begeisterung, gemessen an der anderer Städte, abfallen, daß unser Empfang vielleicht gar beschreiblich sein würde. Ich mußte dem Lautsprecher recht geben, der es nicht auszudenken fand, wenn nicht auch unsere Kundgebung »überwältigend« sein würde. Er ermunterte uns zu einer Probe, und plötzlich brach um mich ein Geschrei aus, das ich mir nicht gleich erklären konnte. Ich dachte, nun käme er, der Führer, und als ich begriff, daß alle die Lockenfrauen mit ihren Kindern für den Lautsprecher schrieen, als habe sich in ihnen ein großes Entsetzen oder eine große Lust angestaut, die sie um jeden Preis hinausschreien mußten, wem zuliebe auch immer, da schämte ich mich, weil ich Zeuge der Verwandlung von Alltagsleuten wurde. Es war dieselbe Scham, die mich ergriff, wenn Hänsel und Gretel von ihren Eltern, die doch für gut und treu-sorgend galten, heimtückisch in den Wald geführt wurden, um zu verhungern. Ich wollte diese Stelle nie hören, mir nicht das nächtliche Gespräch zwischen den Eltern vorstellen müssen und ihr heuchlerisches Lächeln am anderen Morgen. Ich wollte nichts wissen von der Wildnis, die jede Nacht in allen Leuten hochwuchs, denn so stellte ich es mir vor: Ein Dschungelwald im Innern eines jeden, jede Nacht irrsinnig aufschießend, jeden Morgen erneut umgebrochen, nieder-gemacht, plattgewalzt. Freundlichkeit und Lächeln am Ta-ge, Urwald und Dschungel bei Nacht, es stand ja deutlich in den Märchen. Und nun, als der Lautsprecher es ihnen er-laubte, schrieen die Leute ihren Urwaldruf mitten am hel-len Tage, mit sorgfältig gedrehten Löckchen, Sträußchen in den Händen, an der Straßenbahnhaltestelle der Linie fünf, die natürlich an diesem Tag lahmgelegt war. Genauso wie diese Straßenbahn konnte man – das glaubte ich jetzt, und es machte mir bange – unter dem Freudengeheul der Lok-kenfrauen alles außer Kraft setzen, woran man sich sonst hielt, das Weckerklingeln um sieben Uhr früh, den Schulan-fang pünktlich um acht und die Mahlzeiten zu den vor-geschriebenen Stunden, denen die Lockenfrauen sich, das wußte ich genau durch meine Beobachtungen in unserem Laden, mit eiserner Genauigkeit unterwarfen. Mir kam vor, daß sie nicht aus Freude, sondern aus Wut so schrieen, aber der Lautsprecher lobte sie sehr und fuhr weiter, stadt-einwärts, um überall entlang der Strecke den Empfangs-schrei zu proben.

Ich weiß nicht, ob wir noch lange da standen oder nur kurz, bis der zweite Lautsprecherwagen kam und monoton verkündete, der Führer habe seine Fahrt vorzeitig abbre-chen müssen, weil die Volksgenossen ihn in ihrer Begeiste-rung zu lange aufgehalten hätten. Wir sollten nach Hause gehen. Ich fand es unmöglich und unpassend, nach Hause zu gehen, ohne den wirklichen Schrei, dessen Probe ich angehört hatte, gebraucht zu haben, aber die Menge verlangte nicht laut nach ihrem Schrei, sie zerstreute sich in einem enttäuschten, ernüchterten Gemurmel, und die Beschämung, die ich erwartet hatte, blieb aus.

Gerne – aber was heißt hier »gerne« – würde ich wissen, warum ich unter dieser Menge stand und zitternd auf den Anblick des Führers wartete. Was ich mir vorstellte: Jenen Mann aus den Wochenschauen, im Auto stehend, streng geradeaus blickend, den Arm rechtwinklig zum Körper gerade vor sich gestreckt? Doch ich kannte noch keine Wochenschauen. Wer hatte mich gelehrt, auf ihn zu warten? Gerne würde ich es sagen, aber ich weiß es nicht.

Was ich weiß – oder zu erinnern glaube – ist folgendes. Mein Kinderzimmer am Sonnenplatz, mein Bett steht in den Raum hinein, anders, als es in der späteren, »wirklichen« Erinnerung gestanden hat, die blaugestreiften Vorhänge sind zugezogen, es ist früher Morgen, glaube ich (kann es aber kaum gewesen sein), jedenfalls: Dämmerlicht. Meine Eltern stehen beide an meinem Bett, mein Vater hat eine fremdartige dunkle Schirmmütze auf und ein gelbes Hemd an, meine Mutter kommt mir froh vor, sie sagt: Jetzt ist Vati auch dabei. Ihre Erleichterung übertrug sich auf mich, viel später erst erklärte ich mir den Vorgang: Mein Vater, unfähig, eine eigene Entscheidung zu treffen, war zwangsweise mit der ganzen Ruderriege in den Marinesturm, eine Untergliederung der SA, übernommen worden. Er hat, glaubte er, sich nicht weigern können, und er hat kein Eintrittsformular ausfüllen müssen. Die Erleichterung, die sich mir so eingeprägt hat, war die Erleichterung der kleinen Leute, die einen Aufschub erhalten hatten, ehe die Mühlsteine sie zwischen sich zermahlten.

Mehr weiß ich nicht anzuführen, um zu erklären, warum ich, fünf- oder sechsjährig, am Straßenrand stand und fiebernd auf einen Führer wartete, von dem man mir also erzählt haben mußte, von dem also im Geschäft, wo ich mich manchmal herumdrückte, um die Mehl- und Zuckerkästen aufzuziehen, wenn mein Vater die Tüten füllen mußte, ganz gewiß in leuchtenden Worten die Rede gewesen sein muß. Oder sollte man mir gestattet haben, im Radio, einem schwarzen Kasten von Telefunken, die Reportagen über Kundgebungen anzuhören, bei denen die Sprecher selbst fast in Tränen ausbrachen? Aus Zeiten, in die die Erinnerung weniger lückenhaft hineingreift, weiß ich, daß meine Mutter versuchte – meist erfolglos – mich von solchen Darbietungen fernzuhalten, weil sie angeblich das Kind zu sehr aufregten; in Wirklichkeit aber, weil sie ihr nicht geheuer waren, weil sie meine Hingabebereitschaft fürchtete und ein Instinkt sie davor warnte, mir allzu großen Überschwang zu gestatten: Allzu leicht wurde man »verdorben«, das Wort hat sich mir tief eingeprägt, zusammen mit der Überzeugung, daß Kinder leicht verderbliche Waren sind, wie zum Beispiel Bananen, die mein Vater unter ihrem Preis verkaufen mußte, wenn sie schwarzfleckig wurden. Aber gerade in diesen Waren lag die Gewinnchance und das Risiko des guten Kaufmanns, an Zucker und Mehl und Gries und Grütze, die ewig und drei Tage im Hinterraum des Ladens in ihren Säcken herumstanden, niemals den Preis wechselten und niemals verdarben, konnte natürlich kein Geschäft florieren. Aber Südfrüchte und die ersten Tomaten und die ebenfalls leicht verderblichen Wurstsorten – da zeigte sich eben, ob einer seine Kundschaft kannte und zu nehmen wußte. Aus solchen Gesprächen am Abendbrottisch stellte sich mir die unauflösliche Verbindung zwischen leicht verderblichen Waren und leicht verderblichen Kindern her, und ich erschrak furchtbar, als ich nach einem Sturz überall an meinem Körper blaue Flecken bemerkte, denn nun begannen also, wie bei den Bananen, die Zeichen meiner Verderbnis für jedermann sichtbar nach außen zu treten.

Merkwürdig. Mir kommt vor, als müßte ich an dieser Stelle, um die Führerbegeisterung der Fünfjährigen zu verstehen, einen winzigen, unbedeutenden Vorfall erzählen, der sich später ereignete, als wir schon im neuen Haus wohnten und ich wahrscheinlich acht Jahre alt war. Mein erster, schwärmerisch geliebter Lehrer, Herr Warsinsky, hatte, wahrscheinlich anläßlich einer Hygienebelehrung, die Klasse gefragt, wer sich morgens n i c h t kalt wasche. Unter wenigen anderen hatte auch ich mich gemeldet. Was? sagte Herr Warsinsky zu mir. Von dir hätte ich das nicht gedacht! – Meine Mutter regte sich sehr darüber auf. Sie ließ mich den Wasserstrahl anfühlen, der früh aus unserem Badeofen rann: Ob der vielleicht warm sei? Lauwarm, höchstens, und wahrhaftig hätte ich den ohne weiteres kalt nennen können. Was Herr Warsinsky nun von uns denken solle!

Da begann, soviel ich weiß, die erste in der Kette jener Scenen zwischen meiner Mutter und mir, in denen es um das höchste aller Güter, die WAHRHEIT, ging, und die daher, gleichviel, wie nichtig der Anlaß sein mochte, niemals mit einem Kompromiß enden konnten. Das Wasser, wie es aus unserem Badeofen komme, sei warm, erklärte ich. Nicht heiß, natürlich. Aber warm. Lau, erwiderte meine Mutter. Nimm doch Vernunft an: Lau, fast kalt. – Warm, sagte ich. Man soll nicht lügen: Warm. – Na wenn du man immer mit deinem Dickschädel durchkommst, sagte meine Mutter, und ich wußte nun, wie sehr einem daran liegen muß, sich genauso kalt zu waschen, wie es von einem erwartet wurde. Oder wenigstens so zu tun. Ich bekam eine Ahnung davon, in welchen Fällen Lügen »Notlügen« und also erlaubt sind, und überlegte eine Woche lang, auf welche Weise ich Herrn Warsinsky sagen könnte, daß auch ich mich, wie er es von mir gedacht hatte, morgens kalt wusch. Daß auch wir uns an die Straße stellten, wenn der Führer durchfahren soll.

Die Tatsache, daß man nicht zugleich mit den Ereignissen ihre Bedeutung empfindet, ist jedermann geläufig und nur noch in seltenen Fällen ein Schmerz. Mich hat dieser Schmerz meine ganze Kindheit begleitet, und wie er allmählich nachließ und seltener wurde, wie der Schmerz darüber, daß der Schmerz ausblieb, häufiger auftrat, wurde ich erwachsen. An jenem Januarmorgen in meinem kalten Lastwagen, da ich doch hätte erwarten können, daß ein scharfer Schmerz mir anzeigen würde, wenn wir die Stadtgrenze passierten, blieb ich kalt, wenn auch hoffnungslos unglücklich über meine nicht wiedergutzumachende Kälte. Kalt hörte ich meine Tante Alice, die wir Lissy nannten, aufschluchzen, kalt spürte ich in meinem Rücken den tiefen Atemzug, der durch den Wagen ging, kalt dachte ich: Wenn die wüßten.

Das denken nun allerdings Kinder fast jeden Tag von den Erwachsenen. Ich aber weiß genau, wann ich es zum erstenmal gedacht habe, und es gehört zum Sonnenplatz, den wir nun nicht mehr sahen, es gehört zum Überfahren der Stadtgrenze und zu jenem Januarmorgen, auch wenn »es« elf, zwölf Jahre früher geschehen war. Ich war trotzig, glaube ich, aber es ist mir entfallen, warum. Mochte ich töricht sein, sagte ich mir – oder ich empfand es, denn solche Worte stehen einer Vierjährigen wohl nicht zur Verfügung, ungeschickt und plump und überall anstoßen und alles zerbrechen –, seelenblind war ich jedenfalls nicht. So wenig wie Blindschleichen blind sind, die, wenn man den Leuten glauben wollte, in den Wepritzer Bergen herumwimmelten, da, wo die bekannte Welt endete und die Ferne anfing. Ich begriff nicht, wie den Leuten, die immerzu von diesen Blindschleichen redeten, hatte entgehen können, daß sie doch niemals eine zu fangen, ja, wie es schien, nicht einmal eine zu sehen kriegten. Dafür gab es eine auf der Hand liegende Erklärung, und es zeugte nur von der Weltfremdheit der Erwachsenen, daß sie nicht darauf kamen: Alle diese Blindschleichen waren verwunschene Königskinder, sie trugen Kronen auf ihren schmalen Schlangenköpfen und verlangten, mit gespaltener Zunge lispelnd, nach ihren ebenfalls verwunschenen Liebsten.

O du lieber Gott nein, blind waren sie nicht, aber allerdings unsichtbar, und das war nur zu verständlich, denn ich selbst hatte eine heftige Sehnsucht nach einer Tarnkappe, mit deren Hilfe ich nach Belieben die abendlichen Wohnzimmergespräche der Eltern belauschen, lästigen Menschen wie dem häufig betrunkenen Schneider Kopp aus dem Nebenhaus, vor allem aber meiner eigenen Seele entwischen würde. Ihres dumpfen, schweren, ungehorsamen Körpers ledig, wäre die gezwungen, frei in der bloßen Luft zu schweben, und schadenfroh sähe ich sie endlich, wie sie war: ein nackter, bleicher, geschlängelter Wurm, blinddarmähnlich. Die Aufregung wäre groß, jedermann käme angelaufen, das fleischliche Zubehör zu dieser schamlosen Seele zu finden. Ich aber hätte eine böse Lust daran, meine Seele zu verleugnen. Mit eiserner Stirn würde ich die fürchterliche Sünde der Selbstverleugnung begehen, nein! würde ich sagen, mit fester Stimme immer wieder nein, und die arme Seele, diese verwunschene Blindschleiche, würde ich ihrem Schicksal überlassen, das ich mir nicht anders als öde denken konnte. Während ich selbst, wie eben jetzt, in der milden Nachmittagssonne vor der Ladentür sitzen und ungestraft wilde, verbotene Gedanken führen konnte.

Denn dann würde nichts in mir noch zucken, wenn ich log, nichts sich zusammenziehen vor Angst. Oder sich winden, wenn ich mir selber leid tat, weil ich ja ein vertauschtes Kind war, Fundevogel, heimatlos, ungeliebt hinter all den Beteuerungen, und eines Tages ausgestoßen, draußen vor den verschlossenen Türen, im Wind. Denn so ging es zu, man täuschte mich nicht, oder nur für kurze Zeit, wenn die Mutter an das Bett trat, wenn sie so echt lächelte, wie die richtigen Mütter lächeln, wenn sie mich die Hände falten ließ, ich bin klein, mein Herz ist rein. Rein war es aber nicht, sondern voll Argwohn, und voller schwarzer Wünsche. Wie wäre es doch angebracht, notwendig und lebensklug, beizeiten der eigenen Seele los und ledig zu werden, um dann abends im Bett der Mutter dreist in die Augen sehen zu können: Und du hast mir alles gesagt? Du weißt doch, daß du mir jeden Abend alles sagen sollst? – O, frech zu lügen: Ja, alles, jetzt und immer!, und heimlich zu wissen: Nein, niemals mehr alles. Es ist unmöglich.

Ich erschrak, und das ist der erste Schreck, an den ich mich erinnern kann. Ich erschrak, weil ich mich gefragt hatte: Wer bist du?, und eine Antwort kam, die kein Name mehr war, sondern: I c h .

So zeigte sich, daß meine Furcht begründet war. Da tat man sich ja schon gegen mich zusammen und hatte all die heuchlerischen Versicherungen von einem Augenblick auf den anderen vergessen. Es traf mich nicht unvorbereitet, daß sie ihre wahren, fremden Gesichter zeigten, die staubige, ungepflasterte Straße, die gelbschmutzigen Häuser auf der anderen Seite, in denen des Vaters schlechtzahlende Kundschaft wohnte, aber auch das eigene etwas bessere Haus im Rücken, der Hof mit der Klopfstange und der Kellertreppe, wo sich die anderen heute wie jeden Tag versammelten, nur ohne mich. Und sogar der Sonnenplatz selbst, nichts anderes übrigens als eine sandige, karg bewachsene Ödfläche, hatte mir den Rücken zugewandt, sprach mich nicht an.

Es war über alle Maßen schrecklich, so im Stich gelassen und ausgesondert zu sein, aber es war die Folge davon, daß ich in meinem Innern zu mir »Ich« gesagt hatte und nicht aufhören konnte, es zu wiederholen: Ich ich ich ich ich. Da muß sich alles von einem abkehren, das ist so. Es war empörend, und es war gerecht. Ich zitterte vor Angst und Schuld, aber auch vor Wonne, alles zu gleicher Zeit. Ich stand auf und war sehr stolz.

So trat das Leben an mich heran, ein dunkles, zottiges Tier, und wenn man es einmal gesehen hat, ist man frei in seinen Entschlüssen. Man kann natürlich so weitermachen wie bisher. Kann hineingehen, wenn die Mutter einen ruft, deutet aber mit einem kleinen Lächeln an, daß man ebensogut draußen bleiben und sich als Fremdling aufführen könnte, als Kaufmann Rambows Tochter zum Beispiel – böser, gräßlicher Gedanke, in den ich mich jeden Abend hineinbohrte, ehe ich einschlief.

Die Erwachsenen merken gar nicht, wenn man sie schont, und sie haben vergessen, daß die Möglichkeiten eines Wesens, das »Ich« sagt, sich vervielfältigen, ins Gutartige und ins Ungeheure. Wohin ich mich eines Tages wenden würde, war noch gar nicht gesagt. Es lag in meiner Hand, großmütig weiter das liebe Kind zu spielen und die Lust am Gehorchen auszukosten, oder aber böse und verwandelt zu sein und Kummer um mich zu verbreiten wie der Tintenfisch im klaren Wasser seine trübe Tinte. Immer mußte ich mir vorstellen, wie den Eltern des Froschkönigs zumute gewesen sein mußte, als ihr feiner, schöner braver Prinz sich vor ihren Augen – gewiß nicht ohne seine heimliche Zustimmung – in einen grünen ekligen Frosch verwandelte. Ich aber, wie gesagt, dachte eher an diese liebenswerten Blindschleichen.

Es verstand sich von selbst, daß ich wie über alles Wichtige darüber zu schweigen hatte. Ungern nahm ich wahr, daß alle anderen es genauso hielten, als hätten sie irgendwann alle um einen Tisch herum gesessen und Absprache gehalten, worüber künftig zu sprechen sei und worüber nicht, unter keinen Umständen. Wie immer hatte man mich in diese Abmachungen nicht eingeweiht und überließ es mir selbst, die Regeln und ihren Sinn herauszufinden. Es kränkte mich sehr, daß die anderen nicht einmal zu bemerken schienen, wie weit sie sich von ihrer strikten Forderung, niemals zu lügen und niemals etwas zu verschweigen, entfernten. Ich kam nicht umhin, jede einzelne Lüge und jedes einzige Geheimnis dem Berg von Schuld, der in mir anwuchs, hinzuzufügen. So griff ich erleichtert nach dem neuen Abendgebet, das Schnäuzchen-Großmutter, als ich einmal mit ihr in ihrem großen Bett zusammen übernachten durfte, mit dünner Stimme mir vorsang: Müde bin ich, geh zur Ruhu, und dessen zweite Strophe es mir besonders angetan hatte: Hab ich Unrecht heut getahan, sieh es lieber Gott nicht ahan, Vater, laß die Augen dahein, über meinem Bette sahein.

Ja, sagte ich, nach hinten, in den Wagen hinein, wir sind über die Stadtgrenze; wir sind ja schon in Wepritz, wir fahren ja schon bei der Lützschen Nudelfabrik vorbei. Ach die! sagte meine Großmutter, die sind längst über alle Berge, wirst sehen. Die haben bestimmt ihr ganzes Hapchen Papchen eingeladen und in Sicherheit gebracht, die ja! – Überhaupt, sagte meine Tante Alice, die wir Lissy nannten, die Lützens, die haben doch nie gewußt, wie hoch sie die Nase noch tragen sollten, hab ich nicht recht? Aber jetzt – können die sich vielleicht ihre Nudelfabrik an einen Luftballon binden und sonstwohin verfrachten? Können die das? Nein, das kann keiner, und daran sieht man: Hochmut kommt vor dem Fall.

Darüber waren alle meine sieben erwachsenen Verwandten hinter mir im Lastwagen sehr zufrieden.

6.

Ich will ja nicht behaupten, daß mir an jenem Januartag, als unsere Stadt hinter uns liegen blieb und dann einer nach dem anderen, wie Perlen, die auf eine Schnur gezogen werden, die Namen der Ortschaften und Dörfer, die ich von Sonntagsausflügen noch kannte, und als die Orte fremder wurden, so gering auch die Entfernung war, die wir zurücklegen konnten – fünfzig Kilometer, denn unser erster Rastpunkt war die kleine Stadt Wriezen, schon jenseits, das heißt also: diesseits der Oder; daß mir also von allem, was mir gewiß durch den Kopf gegangen ist, ausgerechnet jener Rohrsesselbrand in unserem Kinderzimmer eingefallen sein soll, den mein Bruder Oddo, sechsjährig, angestiftet hat, worauf meine Mutter, die gerne, vielleicht, um sich wenigstens durch die Benennung für ihr gleichförmiges Leben schadlos zu halten, simple Vorgänge mit aufbauschenden Bezeichnungen versah, ihn mehrmals »Brandstifter« nannte. Es kann sogar sein, daß dieser Brand – der Sessel war alt, mein Bruder hatte die Polsterbespannung durch mehrere Streichhölzer in Brand zu stecken versucht (mehrere! sagte meine Mutter empört, weil daran der vorsätzliche Charakter der Tat sich deutlich ablesen ließ), aber sie schwelte nur und stank entsetzlich – daß dieser Brand also mir in all den Jahren nicht mehr eingefallen ist, sondern erst heute, da ich mich frage, wie eigentlich jener komplizierte Mechanismus in uns gelegt wird, den wir später »Gewissen« nennen, warum die Erinnerung an seine ersten Regungen uns verloren geht und wir ihn erst später bemerken, wenn er schon in der vorgeschriebenen Richtung zu funktionieren begonnen hat. Der Rohrsesselbrand wurde, unserem Gefühl nach ganz zu Recht, wie ein kapitales Vergehen behandelt.

In unserer Familie, wo es keine sehr scharfen Gesetze und daher auch keinen Hang zu scharfen Strafen gab, lag die Entscheidung über Gut und Böse in den Händen meiner Mutter, kraft einer moralischen Überlegenheit, die nie in Frage stand und wahrscheinlich nicht von irdischen Mächten verliehen war. Aus Anlaß des Rohrsesselbrandes schlug der Zeiger sehr weit nach »böse« aus; gleich nach erfolgreicher, aufgeregter Löschaktion, gleich nachdem feststand, daß mein Bruder, der alleine zu Hause gewesen war, keinen Schaden genommen hatte (meine Mutter wiederholte das Wort Rauchvergiftung, das ich zum erstenmal hörte, in einer Art von drohendem Entzücken), empfing Oddo von unserer Mutter ein paar Ohrfeigen, die aber noch nicht als Strafe gelten konnten, sondern als Entschädigung für den Schrecken, in den er sie versetzt hatte, und als Lösung des Konflikts zwischen Sorge um den Sohn und Empörung über seine Tat. Dann verfügte sie selbst: nicht schlagen. Als ob mir an diesem abgetakelten Rohrsessel was gelegen wäre!

Niemand fragte, worum es denn sonst ging, denn das lag auf der Hand: Ein Kind hatte durch den Versuch, sein Elternhaus anzuzünden, ein feindseliges Verhältnis zu diesem Elternhaus bekundet. Da es wirklich ernste Sachen zu dieser Zeit – ein Jahr lebten wir schon in dem neuen Haus und begannen uns zu gewöhnen – nicht gab, mußte man diesen Vorfall als ernste Sache behandeln. Man mußte dem Jungen zeigen, daß man seine geheimen Motive durchschaute, ohne sie – auch vor sich selbst nicht, denn das verstand man nicht – auszusprechen. Man mußte ihn durch Nichtachtung strafen, und ich, selbst nichts ärger fürchtend als diese Strafe – der Blick der Mutter, der einem entzogen wird, nicht zu reden von ihrem Wort, und, das schlimmste von allem!, dem Gutenachtkuß –, ich mußte mich, obwohl niemand es von mir verlangte, an der Aktion beteiligen, obwohl niemand es von mir verlangte, obwohl ich diesmal nicht schadenfroh war, nicht mein eigenes Wohlverhalten hervorkehren wollte und keine alte Rechnung mit meinem Bruder zu begleichen hatte – den ich übrigens nach allem, was ich weiß, geliebt haben muß. Ich mußte, aus der Tiefe meiner eigenen verbrecherischen Wünsche heraus, durch die Verschärfung der Strafe an demjenigen, der meine Wünsche verwirklicht hatte, mich vor mir selber schützen. In der Dunkelheit aber, hinter meinem eigenen Rücken, führte ich heiße geflüsterte Gespräche mit meinem Bruder, von denen wir vorher ausgemacht hatten, daß sie nicht gelten dürften. Aber die Schlange, die zwischen unseren Betten lag, hinderte uns daran, einer zum anderen zu kommen, wie wir es sonst ohne weiteres taten, wenn wir Angst hatten. Wir hörten, wenn wir unseren eigenen Atem anhielten, den Atem der Schlange, wir hörten das Laub, mit dem ja ihr baumstammdicker Leib bedeckt war, leise rascheln, und wir wußten, daß wir uns nicht rühren durften, um ihre schlangenhafte Aufmerksamkeit nicht auf uns zu ziehen.

An einem der nächsten Tage faßte mein Bruder mit der ganzen rechten Hand auf die glühheiße elektrische Kochplatte in der Küche, er schrie das Haus zusammen, meine Mutter kam in ihrem weißen Ladenmantel wie immer in Katastrophenfällen ohne Rücksicht auf wartende Kundschaft angelaufen, sie tunkte Oddos Hand in Öl, sie küßte jeden einzelnen Finger der Hand, die den Brand entzündet hatte und auf der sich nun Blasen bildeten. Sie nannte ihn mein Jungchen und wiegte ihn auf ihrem Schoß, sie machte uns alle verantwortlich dafür, daß das Kind nicht beaufsichtigt wurde, sie klagte den Laden an, diesen verfluchten Laden, der sie hinderte, ihre Kinder vor Schaden zu bewahren, und sie sah gar nicht den glücklichen Ausdruck, den Oddos Gesicht hinter seinen Tränen annahm. Vielleicht war es ihr einen

Augenblick lang zuwider, daß sie ihren Sohn hatte strafen müssen für ein Vergehen, das ihr selbst oft so nahe lag; aber wenn Erwachsensein einen Sinn hat, so ist es doch der, daß man gelernt hat, sich an eine strenge, vorgezeichnete Lebensbahn zu halten und jeden Gedanken an einen Ausbruchsversuch – und auch Verzweiflungstaten sind Ausbruchsversuche – in sich zu erwürgen. Wenn ihr wüßtet, wie ich erzogen worden bin! sagte sie, aber sie erzählte uns nicht, wie sie erzogen worden war. Außer, daß sie bei Tisch in Gegenwart ihres Vaters nicht mucksen durften (das kam uns ganz lächerlich vor, wenn wir Schnäuzchen-Großvater an seinem Küchentisch sitzen sahen, wie er auf seinem Brettchen zahllose winzige Schnitte in die Brotrinde tat, damit sein zahnloser Mund sie kauen konnte. Wie er sein Gesicht zusammenklappen konnte, wenn wir ihn darum baten: Opa, klapp dein Gesicht zusammen!, so daß wir nur noch den gelblichen, durch Schnupftabak unter der Nase gefärbten Bart sahen, und wie er stundenlang ruhig in seinem Rohrsessel neben dem Ofen saß).

Damit Kinder es »im Leben« nicht zu schwer haben, sollen sie es »in der Jugend« – die also kein Leben ist – nicht zu leicht haben, das stand ein für allemal fest. Wenn es erst ernst würde – im Leben also –, konnte ihnen die Leichtfertigkeit, die eine zu glückliche Jugend ihnen gewiß anheften würde, nur hinderlich sein. Gleichzeitig sah man darauf, diese beiden Abschnitte: das Leben, die Jugend, nicht miteinander zu vermischen. Das erfahrt ihr noch früh genug! hieß es, wenn man uns aus dem Wohnzimmer wies, um endlich die wirklichen, die Erwachsenengespräche miteinander führen zu können. Einmal riß ich die Tür wieder auf, steckte meinen Kopf ins Zimmer zurück, wo sie immer noch um den Tisch saßen, aber die Luft zwischen ihnen war dick von Vertraulichkeit, und ich sagte in jenem patzigen Ton, den meine Mutter mehr als alles andere mir auszutreiben suchte: Ich weiß sowieso, worüber ihr jetzt redet, ihr redet über Tante Magdas Scheidung! Meine Mutter folgte mir bis auf den Flur, um mir zu sagen, daß ich mich »vor allen Leuten« im höchsten Grade ungezogen benommen habe, mir selbst war der Genuß an der Ungezogenheit schon vergangen, aber ich blieb störrisch und ließ mich lange bitten, ehe ich das Wohnzimmer wieder betrat.

Kein Mensch, auch ich nicht, kann sagen, woher ein Kind sich eine Sehnsucht nimmt nach einem anderen Leben als dem guten, richtigen, festen, in dem es ganz warm und zufrieden steckt, wie ich in dem meinen gesteckt habe. Ganz genau erinnere ich mich des Erstaunens, als in unsere Klasse – noch vor dem Krieg, jedenfalls vor den großen Evakuierungen aus den bombardierten Städten – ein Mädchen kam, sie hieß Inge und war aus Husum, die unumwunden erklärte, daß unsere Stadt ihr häßlich vorkomme und daß sie nicht verstehe, wie man hier leben könne. Sie war sehr groß und etwas fahrig in ihren Bewegungen, und an ihrem Mund blieben nach jedem Essen Krümel hängen. Ich war vor Erstaunen nicht einmal gekränkt, ich sagte ihr nur, daß ich mir nie und nimmer vorstellen könnte, je woanders leben zu müssen. Seitdem beobachtete ich mich, rückte mir sonntags in aller Herrgottsfrühe einen Stuhl an mein Fenster, um die Sonne aufgehen zu sehen und meine Empfindungen zu prüfen, wenn ein erster Lichtschauer über die Stadt ging und den Fluß und die Wiesen dahinter. Ganz derselbe Schauer ging im gleichen Augenblick durch mich, ich sagte mir, das kann keine andere Stadt, kein anderer Fluß mir je wieder geben. Nie mehr auch würde ich, wie an jenem Morgen, eine solche Angst fühlen vor dem Verlust eines Ortes, und zugleich diese Gewißheit, daß der Verlust unvermeidlich war. Wenn irgend etwas, dann erklären diese Angst

und diese Gewißheit meine schnelle Bereitschaft, am Flucht-
morgen lieber ein für allemal alles hinter mir zu lassen, anstatt es Stück für Stück aus mir herauszureißen. Wenn irgend etwas, dann erklärt das jene Spur von Erleichterung,
die dem heillosen Wirbel von Empfindungen auch beige-
mischt war, als der Trecker anfuhr.

Eine Bereitschaft, die, wenn man sie recht besieht, nur
eine andere Form von Angst ist – die Angst, es könnte
einem Unerträgliches zugemutet werden. Obwohl sie oft
mit Tapferkeit verwechselt wird, auch von mir, jedenfalls
eine Überlegenheit über die anderen schuf – eine zweite
Aussonderung in der ersten, die uns alle betraf. Und ein
Trick, der mir Leichtigkeit verschaffte, im Gegensatz zu
den anderen, die an ihre wankelmütige Hoffnung wie mit
Stricken gebunden waren. Denn es war durchaus möglich,
sogar wahrscheinlich, sagten sie sich in unserem Wagen unter der Zeltplane, daß es sich als unnötig erwies, weiter als
bis Küstrin zu fliehen, daß man uns dort auffing – ein Wort,
das sich immer wiederholte und ziemlich genau unseren
Status als Stürzende, Fallende bestimmte und ausdrückte.
Dieser Status hatte, wenn man ihn mit den Täuschungen
von Freiheit und Freizügigkeit verglich, denen doch wir
alle uns vorher, ja, noch in letzter Zeit hingegeben hatten,
etwas Wahrhaftiges. Als hätte sich der große Verantwort-
liche für alles, was uns und anderen zustieß, der Krieg,
nun endlich in seiner ganzen Gleichmut entschlossen, nicht
mehr zu fackeln und uns, weil es ihm eben jetzt so gefiel, in
voller Offenheit merken zu lassen, was wir in seinen Augen
in Wirklichkeit waren: Ein Dreck. Das war natürlich nicht
leicht zu schlucken, und ich glaube, daß das Jammern im
Wagen nicht nur deshalb allmählich verstummte, weil man
nun einmal nicht unaufhörlich jammern kann, sondern auch
deshalb, weil man Zeit fand, sich umzusehen, die Gesichter

der anderen, die dem eigenen ähneln mochten, und weil man plötzlich scharf spürte, daß man jetzt, seines Besitzes beraubt, niemandem mehr beweisen konnte, wer man war. Nur so ist das unendliche Gerede aller Flüchtlinge überall auf der Welt von ihrem verlassenen Besitz zu verstehen, ihre Beteuerungen, ihre Übertreibungen und unerträglichen Aufschneidereien – wenn man sie hört, hat jeder ein Rittergut hinter sich gelassen: Solange man davon redet, hat man es so gut wie in der Hand, und indem man einen anderen zwingt, etwas Verlorenes, in Staub Zerfallenes, Zerschossenes, Verbranntes, Zerbombtes oder einfach durch Unachtsamkeit Verspieltes noch einmal, für Minuten, für heil und ganz und unverloren zu nehmen, zwingt man sich selbst, sich in dem anderen zu glauben.

Noch war es den meisten von uns peinlich, als meine Tante Magda anfing, ihr Hab und Gut zu betrauern. Sie sagte, so sei denn alles umsonst gewesen, denn man könne ja nicht behaupten, daß man eine neu eingerichtete Wohnung in sechs Jahren abgewohnt hätte. Das war die Zeit, die seit ihrer Scheidung vergangen war. Wieso denn »abgewohnt«, sagte meine Tante Alice, die wir Lissy nannten, böse, die Möbel im Wohnzimmer seien ja schließlich nicht neu gewesen, denn ihr Mann, der Eberhard Bieder, der Tankstellenbesitzer in Schwerin, habe sie ihr ja herausrücken müssen durch die Hartnäckigkeit Brunos, meines Vaters. Was heißt herausrücken, sagte Tante Magda, Eberhard hat sich nobel verhalten, immer, das kann keiner ihm nachsagen, und ich habe ja auch nicht die Wohnzimmermöbel gemeint, sondern alles andere. Wenn ich nur an meine nagelneue Küche denke! Alles umsonst! – Es war niemandem recht, wie sie so nackt aussprach, daß ihr Leben, das unwiderruflich hinter ihnen lag, sich in eine Küchenvitrine oder in ein zwölfteiliges Sammeltassenservice verkriechen konnte. Tante Magda wurde in der Familie als »viel zu gut« bezeichnet, mit einem kleinen Unterton von Verachtung für Weltfremdheit, die an Dummheit grenzt. Meine Mutter sagte, Tante Magda – meines Vaters jüngste Schwester – sei eine »Plachanderjette«. Sie plachandert durch die Weltgeschichte, sagte sie, und Tante Magda, die zu allen Menschen lieb und freundlich war, war zu meiner Mutter besonders freundlich, weil sie ihre Überlegenheit fürchtete, sie machte sich klein und nannte sie »Charlottchen«, wobei sie aber die Lippen ein klein wenig nach innen zog. Schon damals trug sie in der Manier von Leuten, deren wahres Leben in der Vergangenheit liegt, eine Brieftasche voller Fotos mit sich herum, die sie jedem aufdrängte, der ihren Weg kreuzte. Sie hielt den Menschen am Arm fest, dem sie ihre Bilder erklärte, die sich alle auf ihre ferne schöne Zeit mit ihrem ungetreuen, aber noblen Ehemann bezogen, dem sie wahrscheinlich, indem sie ihn anfaßte, ebenso die Fotos aus ihrer Jugendzeit aufgedrängt hatte. Auch ich hatte früh gelernt, den Freundlichkeiten und Geschenken meiner Tante Magda, die mich so laut sie konnte ihren »Liebling« nannte, mit einer Spur von Herablassung zu begegnen. Ich sah, wie sie mit ihren huschenden braunen Augen ein freundliches oder lobendes Wort aufschnappte wie einen Leckerbissen, den sie vor aller Augen ungeniert verdaute, und wie sie mit Geschenken und Liebesdiensten unablässig bemüht war, sich solche seelischen Leckerbissen zu erkaufen, weil ihr sonst die Welt zu kalt und unwirtlich vorkam für ihr kindliches Gemüt. Für sie war die ganze Welt mit »netten Menschen« bevölkert, ausgenommen nur jenes rothaarige Weibstück, das es verstanden hatte, sich in ihres Mannes Eberhard Sinne einzuschleichen, der zwar ein schwacher, aber sonst ein feiner und sogar nobler Mensch war.

Meine erste Selbstbeherrschungsübung bestand darin,

daß ich eine von Tante Magda geschenkte Konfektschachtel eine Woche lang unangetastet in meinem Schrank stehen ließ. Das Gefühl von Süße und Völlerei, das ihr Besuch hinterließ, wäre ins Maßlose, Unerlaubte gestiegen, wenn ich nun auch noch die Pralinen gegessen hätte. Man muß sich ja schließlich beherrschen können, sagte meine Mutter, wenn Tante Magda gegangen war, und sie meinte keine einzelne Unbeherrschtheit, die die Schwägerin sich hatte zuschulden kommen lassen, sondern ihr ganzes nach allen Seiten überfließendes Wesen. Da beschloß ich, die Pralinen nicht zu essen, und teilte diesen Entschluß meinem Bruder Oddo mir, der ihn zwar nicht verstand, aber bewunderte und sofort bereit war, ihn durch tägliche Überprüfung der Konfektschachtel zu kontrollieren und durch freiwilligen Verzicht auf Süßigkeitsgenuß in meiner Gegenwart zu unterstützen.

Es gab Übungen, für die ich als Vergleichsperson meinen Bruder brauchte: Wer am längsten die Luft anhalten kann, wer es am längsten aushält, zu schweigen, wer sich abkitzeln läßt, ohne zu lachen, wer eine Kerze zwischen Daumen und Zeigefinger löschen kann und wer es fertigbringt, sich abends mindestens fünf Minuten im vollkommen dunklen Keller aufzuhalten. Ein anhaltendes Bedürfnis nach Selbstbestrafung muß mich weitergetrieben haben, und ich frage mich, für welche verbotenen Genüsse ich mich zu kasteien hatte. Meine Mutter hatte eine überaus verächtliche Art, jemanden einen »Genußmenschen« zu nennen: Ach der! sagte sie fast mit Ekel, das ist doch ein Genußmensch!, womit jedes Vergehen des Unglücklichen erklärt oder für möglich befunden wurde. Du willst doch nicht etwa ein Genußmensch werden? fragte sie mich, wenn sie mich beim Naschen erwischte. Sie löste damit einen unseligen Zwang zum Naschen aus, ich entwickelte eine Technik, an den Konfektkästen im Laden vorbeizustreichen, in denen unter durchsichtigem

Zellophandeckel nach Güte sortiert das lose Konfekt angeboten wurde, und mir eine Handvoll davon mitzunehmen, zuerst von den billigeren Sorten, später nur noch von den teuersten. Ich wußte, daß ich diesen Diebstahl niemals zugeben würde, und bereitete mich auf hartnäckiges Lügen vor, das mich fast noch mehr entsetzte als der Diebstahl, obwohl es in Wirklichkeit niemals dazu kam, denn das Konfekt wurde nicht vermißt, ich nicht befragt. Ich wurde kühn und holte mir Büchsen mit süßer, dicker kondensierter Milch, in die ich Kakaopulver rührte. Ich setzte mich auf die Diwanecke am Fenster, das zur Soldiner Straße führte, löffelte die Milch und las dazu etwas, was mir verboten war: »Emilia Galotti« von Lessing oder das »Schwarze Korps«, das meine Mutter vor uns Kindern hütete wie die beiden Bände »Der Mensch«, in denen es Ausklapptafeln vom Menschen mit allen seinen Organen gab, männlich und weiblich, und gewisse Stichworte, unter denen man Informationen finden konnte. So sind diese Informationen für mich auf immer mit dem Geschmack von süßer Kondensmilch und dem Geruch von Mottenpulver verbunden, denn die Bände »Der Mensch« lagen im Kleiderschrank der Eltern unter den eingemotteten Wintersachen und strömten den Geruch des Mottenpulvers aus, wenn man die Seiten umwendete. Früher hatte ich sie manchmal auf dem Nachttisch meines Vaters gesehen, wenn wir am Sonntag morgen in sein Bett kamen, um zu »toben«. Das hieß, wir setzten uns abwechselnd auf seine angezogenen Knie, und er mußte versuchen, uns abzuwerfen.

Der Kreis von Schuld-Geständnis-Strafe-Reue war meinem innersten Gefühl für Notwendigkeit und Gleichgewicht so eingebrannt, daß ich, wo es mir gelang, die äußere Gerechtigkeit auszuschalten, selbst Bestrafung und Sühne übernehmen mußte. Damals begann ich mit meinen seelischen Abhärtungsübungen, denn ein weichlicher Mensch war fast so gefährdet wie ein Genußmensch, und weichlich war, wer Angst hatte. Ich aber hatte Angst, und ich wußte auch, daß Angst, so schrecklich sie war, doch auch etwas Wohliges, Kitzelndes hat, solange man sich ihr uneingeschränkt hingeben darf und solange hinter jedem Anfall von Angst die Hoffnung auf Trost und Erlösung steht. Als wir noch unser gemeinsames Kinderzimmer am Sonnenplatz hatten und mein Bruder, höchstens drei Jahre alt, in seinem Gitterbett schlief, erwachte ich eines Morgens und sah im Dämmerlicht einen Kapuzenmann über sein Bett gebeugt. Im selben Augenblick wurde mir zur Gewißheit, daß dieser Mann ein Messer in der Hand hielt und meinen kleinen Oddo erstechen wollte. Ich hörte draußen schon die Eltern sich fertigmachen, ich sah den tröstlichen Lichtstreifen unter der Tür, aber der helle Korridor war mir ja fast unerreichbar, weil ich an dem Kapuzenmann vorbeischleichen mußte. Andererseits konnte ich nicht schuldig werden am Tod meines Bruders. Ich schlich mich also auf Zehenspitzen unter furchtbarer Angst hinter seinem Rücken vorbei, riß die Tür auf und meldete meiner Mutter, die im Unterrock mit nackten Armen im Bad stand und sich kämmte, jemand wolle Oddo erstechen. Meine mutige Mutter folgte mir sofort ins Kinderzimmer und zeigte mir lachend den Mörder, auf den das Licht jetzt fiel: Der Kleiderhaufen auf dem Stuhl neben dem Bett meines Bruders, der von hinten den Umriß eines unförmigen, gebückten Kapuzenmännleins hatte. Ich weiß nicht, warum ich mich immer noch nicht beruhigen konnte, warum ich noch mal nach meiner Mutter rief, um sie zu bitten, die Kleider auseinanderzunehmen, damit sie die verhängnisvolle Form verlören.

Dies war eine Angst, an die ich mich gern erinnerte, und es gab auch Ängste, die durch den regelrechten, ordnungs-

gemäßen Ablauf von Schuld-Angst-Strafe-Sühne-Verzei-
hung ihre vollkommene, befreiende Auflösung fanden. Als
ich sieben Jahre alt war und mein Bruder fast vier, schlugen
wir uns unbarmherzig aus jedem Anlaß. Ich glaube, wir hatten auf dem Fußboden mit Bauklötzern ein System von
Gängen und Verliesen gebaut, in dem unsere schönste Mur-
mel, ein Glasbucker mit einer eingelegten regenbogenfar-
benen Spirale, als verwunschener Prinz gefangengehalten
werden sollte. Wir gerieten in Streit über die Art der Bewa-
chung des Prinzen, ich war für die allergrößte Strenge mit
Essensentzug, mein Bruder wollte ihm heimlich Essen ein-
schmuggeln und geriet in ungeheure Wut, als ich seinen Versuch durch meine Murmel-Wachen vereiteln ließ. Er hatte
damals Anfälle von Jähzorn, die wir alle fürchteten, Bodo
ist ja jähzornig, sagte meine Mutter ganz erstaunt, daß eines
ihrer Kinder einen solchen Makel haben sollte. Oddo wurde also jähzornig, er trampelte mit den Füßen und brüllte
entsetzlich, und ich bekam zum erstenmal durch irgendeine
seiner Gesten einen Verdacht, daß dieser Anfall ein Theater
sein könnte, insceniert, um seinen Kopf durchzusetzen, ich
fühlte mich hintergangen. Mich packte der Zorn, wir rauf-
ten erbittert miteinander, wälzten uns auf dem Fußboden,
zerstörten unser Gefängnissystem, keuchten und versuch-
ten, einander weh zu tun. Auf einmal schrie er auf – der
Schrei war echt, er fuhr mir eisig in die Glieder – und blieb
schlaff und heulend liegen. Er konnte seinen rechten Arm
nicht mehr bewegen. Ich schleppte ihn zu seinem Bett,
setzte ihn ans Kopfende, packte ihn rundum mit weichen
Decken ein wie zu einer Schwitzkur, hockte mich selbst
ans Fußende des Bettes und versprach ihm alles, was ich
hatte, wenn er nur machen würde, daß sein Arm wieder gesund sei. Er heulte nur weiter, sein Gesicht schwoll an, er
sagte, er könne es eben nicht machen, er könne es nicht. So

fand uns meine Mutter, die, wie immer in schwierigen Lagen, sofort das Nötige tat, sich nicht viel mit Fragen und Schimpfen aufhielt, sondern den Arzt anrief und meinem Bruder, dessen Arm inzwischen dick geworden war, ohne weiteres seinen Pullover und sein Unterhemd vom Körper schnitt. Diese Verschwendung machte auf mich einen ungeheuren Eindruck und verstärkte noch meine Überzeugung, daß ich ein nicht wiedergutzumachendes Verbrechen begangen hatte. Ich stand im Wohnzimmer am Fußende der Chaiselongue, ich rang die Hände, meine Mutter kam herein und klopfte mir hart auf die Schulter, sie sagte nur: Da siehst du, was du anrichten kannst! Ich sagte, sie solle mich schlagen, sie tat es nicht, denn ich war ihr gar nicht wichtig, wichtig war ihr nur Oddo, der von dem Arzt gleich in seinem Auto mitgenommen wurde zum Krankenhaus, wo es zum Glück einem jungen, beherzten Arzt, den ich mir ungeheuer schön und tapfer vorstellte, gelang, den sehr kompliziert ausgekugelten Arm wieder einzurenken. Er hätte nämlich steif bleiben können, sagte meine Mutter nachmittags, als sie nach Hause kam, so kompliziert war die Verrenkung, sie hatte etwas übrig für das Wort »kompliziert«. Jedenfalls war mein Bruder im Krankenhaus behalten worden, wir waren abends zu dritt, ich wurde früh zu Bett geschickt, und meine Eltern richteten sich an dem runden Tisch in meinem Zimmer das Abendbrot. Meine Mutter brachte mir meinen Teller ans Bett, sie hatte ihn schön garniert, wie sonst nur, wenn Besuch kam, wir waren alle drei so erleichtert, daß mein Bruder gerettet war, wir lachten miteinander, und ich mit meinem Hang zur Formulierung sagte mir ernsthaft vor dem Einschlafen: Dies ist einer der glücklichsten Abende meines Lebens.

Ich bin mir sicher, daß manche stolze Haltung, mancher Todesmut in aussichtslosen Lagen, aber auch manche über-

triebene Angst und Feigheit von einer sehr starken Empfindlichkeit gegen Demütigungen kommt. Ich zum Beispiel,
das sagte ich wohl schon, besaß diese Empfindlichkeit und
möchte wohl wissen, woher. Meine frühesten Erinnerungen leiten mich zu Vorfällen, bei denen die Gerechtigkeit
verletzt wurde und die in mir immer ein Gefühl unheilbarer Verletzung der Weltordnung hinterließen und meiner
Demütigung durch Ohnmacht. Nur an solche Vorfälle gebunden, die mein Gefühl stark bewegten, steigt mir als Hintergrund für sie der Handlungsort auf, eine Landschaft, eine
Straße, ein Zimmer. So bezeichnend es sein mag, daß die
Geburt und die Säuglingszeit meines Bruders fast keine
Spuren in meinem Gedächtnis hinterlassen haben, so bezeichnend ist meine erste Erinnerung an ihn an ein Unrecht
geknüpft, das ihm zugefügt wurde: Einen Klaps meiner
Mutter für angeblich feuchte Windeln, die sich aber bei ge-
nauerer Prüfung als trocken erwiesen. Die Beschimpfung
der Gummihose, die den Irrtum verschuldet haben sollte,
tilgte natürlich das Unrecht nicht, das meinem Bruder angetan war. Überhaupt kam mir erlittenes Unrecht untilgbar
vor, vielleicht versuchte ich deshalb so dringlich, kein Unrecht auf mich zu ziehen. Wenn es aber doch geschah, wenn
jemand das Unglück hatte, mich zu verletzen, konnte ich
zwar ihn, den Urheber des Unrechts, leicht vergessen, ihn
sogar weiter oder neu lieben, das Unrecht selbst aber vergaß
ich zu meinem Nachteil niemals. Niemals vergaß ich den
Stoß, den mir meine allererste Freundin, Lieselotte, die Tochter des Schneiders Kurth vom Nachbarhaus am Sonnenplatz,
versetzte. Ich wußte ja, daß der Schneidermeister Kurth
trank und daß Kurths in dem schwarzen Buch meines Vaters »anschreiben« ließen, ich ahnte einen tiefen Grund hinter seinem traurigen Zickzackgang und der traurigen Wie-
derholung immer ein und desselben Liedes: Du kannst nicht

treu sein, nein nein, das kannst du nicht, wenn auch dein Mund mir wahre Liebe verspricht. Ich lachte niemals wie die anderen, wenn Lieselotte, die braune, etwas vorstehende Kugelaugen und einen harten Haselnußkopf mit abstehenden Zöpfen hatte, ihren Vater an der Hand ins Haus zog. Ich verbarg mich immer, wenn ich konnte, weil ich genau verstand, daß diese Szene keine Zeugen brauchte. Einmal aber stand ich mit meinem Selbstfahrer gerade vor ihrer Tür und kam nicht schnell genug weg, ihr Vater steuerte genau auf mich zu, Lieselotte zog ihn weg und versetzte mir einen Stoß, daß ich mit meinem Gefährt umfiel. In deinem Herzen, da ist für viele Platz, sang Herr Kurth. Seine kleineren Kinder und seine Frau sahen ihm hinter der weißgestärkten Küchengardine und den Fleißige-Lieschen-Töpfen, die bei Kurths immer blühten wie doll und verrückt, entgegen, ich klopfte meinen Trainingsanzug ab. Und doch bist du für mich genau der richt'ge Schatz, sang Herr Kurth. Lieselotte schämte sich, ich begriff, daß unsere Freundschaft zu Ende war – ein Unrecht, an dem keiner Schuld hatte. Ich lief zu der Gewoba-Bande, die in Sandkuhlen auf dem verwilderten Sonnenplatz spielte, ich ließ sie alle mit meinem Selbstfahrer fahren, es war mir wirklich egal, ob sie ihn ruinierten. Ich war ganz wild nach ihrer Freundschaft, ich zeigte ihnen an der Hauswand, daß ich nach dem eisernen Training der letzten Wochen jeden von ihnen in Zehnerball schlug, sie mußten mir zugestehen, daß ich das nächste Spiel angab: Wer fürchtet sich vorm schwarzen Mann! – Niemand! schrie ich aus Leibeskräften wie alle, und ich fürchtete mich schrecklich. Wenn er kommt, dann ist er da! schrie Erwin, der ältere Sohn von Polizeimeister Baldin, der die Gewoba-Bande anführte. Fahrn wa nach Amerika! brüllten wir und hatten nun den schwarzen Mann im Rücken, vor uns aber den unendlichen Ozean. Amerika ist abgebrannt!

triumphierte Erwin, und ich, kleiner als alle, schrie am lautesten: Rüber komm'n wa doch! Ich kam auch rüber, zehnmal erreichte ich das abgebrannte Amerika und hatte gewonnen und durfte nun endlich mit ihnen Versteck spielen, »auf allen Höfen«, wie die Formel hieß, die nicht mehr und nicht weniger ausdrückte, als daß das ganze Gewoba-Gelände sich mit einem Schlag in einen fremden Erdteil verwandelte, weil man die Höfe, die ganz unschuldig und kahl und winddurchpfiffen dalagen wie immer, nun als Jäger durchstreifte oder als Gejagter, und weil alles gleichgültig und wie unsichtbar geworden war, was nicht Versteck und Sicherheit bieten konnte. Helmut Baldin, der so alt war wie ich und auch zum erstenmal mitspielen durfte, wurde der Mogelei überführt: Er schielte durch die Hände, während er mit dem Gesicht gegen die Klopfstange stand und bis hundert zählte, damit wir uns verstecken sollten. Erwin, sein Bruder, entschied, die Runde gelte nicht, und Helmut fing an, mit Fäusten und Füßen auf ihn und dann auf uns alle loszugehen, und Erwin wollte sich der Kleinen ein für allemal entledigen, indem er mich zu seinem Vater schickte mit der Botschaft: Helmut stänkert. Ich baute mich vor unserem Haus auf und rief diese Meldung, gegen die man sich natürlich nicht auflehnen konnte, zu Polizeimeister Baldin hinauf in den zweiten Stock. Er lehnte da im weißen Unterhemd und Hosenträgern aus dem Fenster, sein Diensttschako hing sicherlich an der Flurgarderobe, aber er blieb ein Polizeimeister, und seine Weisung, Helmut zu ihm zu bringen, glich einem Befehl. An seiner Ausführung wurde ich durch meine Mutter gehindert, die mich mit unheilverkündender Miene hineinrief und mich, zum ersten und einzigen Mal, schlug. Sollst du petzen? rief sie erbittert. Wo hast du das denn her? Ich fühlte, daß ich im Begriff war, zu verderben, und daß vielleicht Petzen am Anfang des Weges stand, an dessen Ende man dann verurteilt war, im Zick-zackweg vor aller Augen herumzutaumeln und zu singen: Du kannst nicht treu sein ...

Damals begann ich mit der Dressur von Marienkäfer-chen, die man in dem Gebüsch um den Sonnenplatz und in den Wepritzer Bergen in jeder beliebigen Menge fangen konnte. Ich sperrte sie in Streichholzschachteln und zwang sie, ganz bestimmten Bahnen zu folgen, die ich für sie im Sand eingegraben hatte. Für Ungehorsam wurden sie in fin-stere Sandhöhlen gesperrt, aus denen sie immer wieder her-auszukrabbeln suchten. Es war mir eine Lust, sie wieder zu-rückzubohren in den losen Sand, und ich weiß seitdem etwas über den Ursprung kindlicher Grausamkeit. Es kann auch kein Zufall sein, daß ich mich als ihren »Lehrer« be-zeichnete, daß ich Gärten aus Ginster und Heidekraut für sie pflanzte, in denen sie sich, wenn sie gehorsam meine Bahnen abgelaufen waren, ergehen durften. Nur wegflie-gen durften sie ohne meine Erlaubnis niemals.

Mein erster Lehrer, Herr Warsinsky, war ein weicher, manchmal unvermittelt ungerechter und jähzorniger Mensch, dem es nichts ausmachte, zwei Mädchen bei den Zöpfen zu packen und ihre Köpfe gegeneinanderzustoßen – eine Prozedur, zu der ihn besonders das Nußköpfchen meiner ehemaligen Freundin Lieselotte reizte. Ich sagte mir, daß ich sterben würde, wenn er mit mir so etwas anstellen sollte, und ich fing an, um Sicherheit vor seinem Jähzorn zu ringen, indem ich mir seine Zuneigung erwarb. Es fiel mir nicht schwer, zu lernen, schwer aber fiel es mir, meine Schüchternheit zu überwinden und Herrn Warsinsky be-greiflich zu machen, daß ich eine gute Schülerin war. Ich war sehr ungeschickt, und er, als habe er meinen Plan durch-schaut und wolle mir seine Durchführung ja nicht erleich-tern, ließ keine Gelegenheit vorbeigehen, mich zu verspotten. Und dann belobigte er mich wegen einer Sache, die gar nicht mein Verdienst war, von der ich fast nichts wußte und die ich ohne ihn wie eine Schande vor jedermann verschwiegen hätte: Er gab bekannt, daß meine Mutter einer Gerda, die auch in meine Klasse ging und mit ihren Eltern ganz in unserer Nähe wohnte, in einer Wohnung, in der »unglaubliche Verhältnisse« herrschen sollten, wie meine Mutter uns mitteilte – daß also meine Mutter dieser Gerda getragene Kleidungsstücke von mir geschenkt hatte. Nun war ich unglücklich über seine plötzlich ausbrechende Freundlichkeit, sie galt ja nicht mir, wie ich genau fühlte, sie galt ja den Leuten, die etwas zu verschenken hatten. Und die Gerda, die mir vorher ganz gleichgültig gewesen war, wurde mir sehr zuwider, und es gehörte zu meinen schlimmsten Gängen, wenn meine Mutter mir auftrug, Gerdas Familie etwas zu bringen, Lebensmittel oder Wäsche.

Herr Warsinsky nämlich fiel in seine alte Mißgunst mir gegenüber zurück, ich merkte es deutlich, als ich von einem Sonderurlaub an der Ostsee zurückkam, den meine Mutter durch ein reichlich übertriebenes ärztliches Zeugnis beim Rektor für mich erwirkt hatte, und als Herr Warsinsky mich am ersten Tag nach Aufgaben zu fragen begann, die ich ja nicht gelernt haben konnte, und als ich, starr über soviel Ungerechtigkeit, dann auch bei leichten Fragen verstockt schwieg und er schließlich hervorbrachte, ich hätte wohl immer noch meine Badekappen im Kopf!

Ich sah, daß ich besondere Anstrengungen unternehmen mußte, Herrn Warsinsky für mich einzunehmen, was mir nun mal sehr am Herzen lag, denn wirklich, inzwischen liebte ich ihn ja, ich hing ja an seinen Lippen, wenn er uns von dem Opferweg des Führers erzählte und wenn er uns in Religion Jesus Christus als einen Vorläufer des Führers schilderte. Er kam an den Feiertagen der Bewegung in SA-Uniform in die Schule, er streckte seinen etwas dicklichen Körper gerade auf, wenn wir »Die Fahne hoch!« sangen, und sein Arm schien nicht zu erlahmen, wie leider der meine, wenn sich an dieses Lied der Bewegung immer noch das Deutschland-Lied anschloß. Er sagte, wer den Arm nicht einmal so lange hochhalten könne, sei eine Memme, wir sollten uns nur mal vorstellen, was die Blutopfer der Bewegung alles gelitten hätten, und sollten uns gefälligst ein wenig abhärten. Darauf stellte ich mich jeden Tag in unserem Wohnzimmer auf, sang das Horst-Wessel-Lied und das Deutschland-Lied dreimal hintereinander und zwang mich, den Arm solange nicht sinken zu lassen, wie sehr er auch zu erlahmen drohte, wie er auch hinterher zitterte. Mein Lehrer aber hat meine Standhaftigkeit beim nächsten Fahnenappell nicht einmal bemerkt.

Da erreichte uns, woher, weiß ich nicht mehr, die Mitteilung, Herr Warsinsky habe am 24. September Geburtstag. Ich ergriff die Gelegenheit, brachte das Märchen »König Drosselbart« in grobe Verse und studierte es heimlich nachmittags mit der Klasse ein. Am vierundzwanzigsten September brachten wir alle Blumen mit – meine Großmutter hatte mir meinen Asternstrauß noch einmal weggenommen und einen neuen in unserem Garten abgeschnitten: »Eine Blume ohne Blatt schenkt man einem Mann, der keine Ehre mehr hat!« sagte sie. Wir zogen eine Leine quer durch die Klasse und legten Decken darüber, das war unser Vorhang. Herr Warsinsky war sehr überrascht, als wir ihm unser Programm vorführten und ihm zu seinem Geburtstag gratulierten, der allerdings keineswegs auf diesen Tag fiel, sondern auf einen Tag in den großen Ferien. Aber er zeigte sich der Größe unseres guten Willens gewachsen, er erkannte die Urheberin in mir und legte mir den Arm um die Schulter, und seitdem hatte ich kein UNRECHT mehr von ihm zu fürchten. Meine Freundin Hella und ich haben ihm immer am vierundzwanzigsten September Blumen gebracht, auch, als wir lange in der anderen Schule waren, er legte jedesmal den Arm um uns und sagte zu seiner Frau: Das sind meine Treuesten.

Es hatte sich herausgestellt, daß ich dichten konnte. Eines Tages wagte ich es, anstelle eines Aufsatzes über den 9. November, den Tag des Novemberverrats und des Dolchstoßes, ein Gedicht abzuliefern. Es begann mit den Zeilen:

Von Feinden umringt war das deutsche Volk
im großen Weltenbrand.
Doch unser tapferer deutscher Soldat
ließ keinen Feind ins Land
Da wurde durch schnöden Judenverrat
mit Deutschland Frieden geschlossen.
Und Deutschland griff nun schnell zur Tat,
der Krieg hat es sehr verdrossen.

Herr Warsinsky, der zuerst nicht glauben wollte, daß ich dieses Gedicht selbst angefertigt und nicht aus der Zeitung abgeschrieben hatte, kam ganz dicht an mich heran und musterte mich verwundert. Dann sagte er, ich sei »ein Deuwelskerl«.

Auch meine erste bewußte große Lüge hängt mit ihm zusammen. Ich hatte einen Korken mit in die Schule gebracht, ein Spielzeug, von allen Seiten bunt mit Tuschkastenfarben bemalt und mit winzigen Messingnägeln beschlagen, den ich zu Hause zurechtgemacht hatte und der mir nun außerordentlich gefiel. Ich zeigte ihn in der Pause herum, er ging von Hand zu Hand, und als die neue Stunde anfing, bekam ich ihn nicht zurück. Vielmehr entdeckte ihn Herr Warsinsky bei einem Mädchen in der letzten Bank, das damit spielte. Er nahm ihn ihr weg, sie protestierte, weil er nicht ihr gehöre. Als er nach dem Besitzer fragte, nannte sie mich. Dir gehört er? fragte Herr Warsinsky. Ich glaubte, er sei maßlos enttäuscht, daß ich mich mit solchen Kinkerlitzchen beschäftigte, und leugnete: Nein, mir gehört der Korken nicht! – Alle sagten gegen mich aus, jeder wußte doch, daß ich ihn mitgebracht hatte, Gundel, die neben mir saß und die ich so brennend gerne zur Freundin gehabt hätte, sah mich befremdet an und rückte von mir ab. Ich aber wußte, daß es für mich kein Zurück mehr gab, ich biß die Zähne zusammen, ich fühlte mich stürzen in eine bodenlose Schlechtigkeit, ich leugnete und leugnete und fragte mich, wie ich je wieder in die Gemeinschaft der anständigen, die Wahrheit sagenden Menschen zurückfinden sollte. Aber ich leugnete. – Na, sagte Herr Warsinsky, wenn er dir nicht gehört – vielleicht willst du ihn trotzdem haben?

Nein, sagte ich empört. Was soll ich mit so einem Ding?

7.

Die Seelower Höhen habe ich nie wieder besucht. Wahrscheinlich sind sie harmlos, aber an jenem späten Nachmittag, in der einbrechenden Dunkelheit, bei Schneetreiben, Glatteis und starker Kälte waren sie ein fast uneinnehmbares Hindernis. Wir sprangen von unserem Anhänger ab und schoben, rutschten aber selbst aus auf dem glatten Boden.

Der zweite Trecker der Firma Hannemann wurde vor unseren gespannt, wir mußten und mußten ja diesen Höhenzug erklimmen, zum ersten Mal, aber noch ungläubig und abgeschwächt wie eine Generalprobe erlebten wir die gehetzte Angst von Leuten, die ein unsinniges Ziel um jeden Preis erreichen mußten. Wir waren ja jenseits der Oder, wir hatten die Brücke ja überquert, wir hatten uns doch erneut das Anrecht erworben, von den Soldaten, denen der zugefrorene Fluß immerhin eine natürliche Hilfe anbot, verteidigt zu werden. Der Soldat, der so lange auf der Deichsel zwischen unserem und dem zweiten Anhänger gesessen hatte und der schon ein wenig zu uns gehörte, seit mein Bruder ihm fast den Inhalt des Eimers auf den Kopf geschüttet hatte, der in unserem Wagen herumgereicht wurde, wenn eines von den Kindern oder einer der älteren Leute sich erleichtern mußte – der Soldat war plötzlich neben mir verschwunden. So konnte ich den Feldgendarmen, die im gleichen Augenblick an uns herantraten und uns blitzschnell, aber gründlich musterten, ihre Frage verneinen, ob etwa Wehrmachtsangehörige unter uns seien. Unser Wagenzug ruckte an, man hatte die Räder mit Ketten umwickelt, die Seelower Höhen waren nicht uneinnehmbar, wir hielten uns jetzt sogar fest an unserem Anhänger und ließen uns mit hochschleifen. Wenn der Soldat sich nicht rechtzeitig verdrückt hätte, dachte ich, hätte ich ihn doch den Kettenhunden melden müssen? Sie hätten ihn an den Achseln hochgerissen und ihn zwischen sich mitgeschleift, ich konnte sein Gesicht sehen, auf das ich bis jetzt nicht geachtet hatte, aber nun riß er es zu mir herum, seinen ungläubigen Ausdruck behielt ich für immer.

Nachwort

»Die Wahrheit über sich nicht wissen wollen
ist der zeitgenössische Zustand in Sünde; der
Mensch erlöst sich heute durch Selbstbewußt-
sein … mit dem Ich als Gegenstand der Untersuchung.«   *Kazimierz Brandys*

Nach ihrem Erfolgsbuch *Nachdenken über Christa T.* von 1968,
diesem ernüchternden, selbstkritischen literarischen Rekurs
auf ihre Nachkriegs- und Aufbaujahre in der DDR, überlegt
Christa Wolf zu Beginn der siebziger Jahre unablässig, wie
sie über die Darstellung von Kindheit und Jugend zu den
Wurzeln ihres späteren Denkens und Handelns vordringen
könnte. Leben damals in der Nazizeit im heimatlichen Lands-
berg an der Warthe, nur über eine Zugstunde östlich von Berlin (heute Gorzów Wielkopolski, Polen), aufgewachsen in
einem kurzen Friedensjahrzehnt, ab 1939 der Krieg, der gegen Polen begann, im Januar 1945 die panische Flucht aus
der von der Roten Armee bedrohten Stadt, jäher Einschnitt
in ihrem Leben, der alles Zukünftige mitbestimmen sollte.

Beim Nachdenken über dieses Buch und wie man es in
den Griff bekommen soll – »G. sagt, einfach losschreiben,
auf den Stoff käme es an, viel Fakten bringen … vielleicht
hat er recht. In dieses Tagebuch schreibe ich ja auch ohne
Hemmungen einfach los« – verfaßt sie in vier Wochen
vom 9. Februar bis 9. März 1971 diesen Text, sozusagen in
einem Schwung, wie es sonst bei ihr nicht üblich ist, indem
sie sich im Schreiben über die ersten Stationen der Flucht unwiderruflich – »aber einmal würde ich es ihnen sagen« –
von ihrem Kindsein und damit von ihrem unbewußten Da-
sein verabschiedet.

Es war zweifellos ein schwieriger Entschluß, sich von der bis dahin geglaubten Familienharmonie, dem Vorbild der alles beherrschenden, geliebten Mutter loszusagen – sie war, noch immer im Schmerz über den Verlust von Haus und Geschäft, erst ein paar Jahre zuvor gestorben –, und diese Trennung war wohl nur so, in einem einzigen Anlauf, mit einem ungetrübten Blick auf Vergangenes, zu vollziehen, ein Nachruf auf Lebende. Erzählung, unverstellt in der ersten Person geschrieben, die Familie, nur durch andere Namensgebung verfremdet, authentisch wiederbelebt, nicht ohne betroffene Anteilnahme und Mitleid, Erinnern und Vergegenwärtigen in einem Vollzug, etwa so, wie Christa Wolf es beim Anblick eines bedrohten Soldaten auf der Flucht vor Augen hat: »ich konnte sein Gesicht sehen, auf das ich bis jetzt nicht geachtet hatte, aber nun riß er es zu mir herum, seinen ungläubigen Ausdruck behielt ich für immer«.

Ich danke Sabine Wolf vom Archiv der Akademie der Künste in Berlin, daß sie wieder auf diesen berührenden Text aufmerksam gemacht hat, vitaler Auftakt zu Christa Wolfs weitausholendem, verschiedene Zeitebenen erschließenden *Kindheitsmuster* von 1976, das bis heute ein Weltecho hat.

Gerhard Wolf

Nachruf auf Lebende wird in der vorliegenden Ausgabe zum ersten Mal veröffentlicht. In Fragen der Rechtschreibung und Zeichensetzung wurde behutsam vereinheitlicht und korrigiert.

NF 1040 / 1 / 01.14

Sommerstück. st 3941. 236 Seiten

Stadt der Engel oder The Overcoat of Dr. Freud.
Gebunden und st 4275. 416 Seiten

Störfall. Nachrichten eines Tages. st 4079. 130 Seiten

Ein Tag im Jahr. 1960-2000. st 4007. 703 Seiten

Ein Tag im Jahr im neuen Jahrhundert. 2001-2011. Gebunden.
163 Seiten

Unter den Linden. IB 1355. 72 Seiten

Voraussetzungen einer Erzählung: Kassandra.
Frankfurter Poetik-Vorlesungen. st 4053. 246 Seiten

Was bleibt. st 3916. 92 Seiten

Der Worte Adernetz. Essays und Reden. es 2475. 171 Seiten

Zusammen mit Gerhard Wolf

Ins Ungebundene gehet eine Sehnsucht. Projektionsraum
Romantik. it 3380. 450 Seiten

Zusammen mit Charlotte Wolff

Ja, unsere Kreise berühren sich. Briefe. Mit Abbildungen.
st 4080. 169 Seiten

Über Christa Wolf

Christa Wolf. Leben, Werk, Wirkung. Suhrkamp BasisBiographie.
Von Sonja Hilzinger. sb 24. 160 Seiten

Wohin sind wir unterwegs? Zum Gedenken an Christa Wolf.
es-Sonderdruck. 90 Seiten

filmedition suhrkamp

Der geteilte Himmel. Nach der Erzählung von Christa Wolf.
Zwei DVDs mit einem Essay von Ulla Unseld-Berkéwicz.
Etwa 116 Minuten + Extras. s/w. filmedition suhrkamp 7

NF 1040 / 3 / 01.14